JAMES KRÜSS
Herausgeber

Der Korngeist

Geschichten
aus dem Wasaland

Mit Bildern von Jo Martin

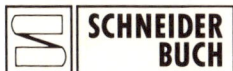

SCHNEIDER BUCH

Die Deutsche Bibliothek – CIP-Einheitsaufnahme

Der **Korngeist** : Geschichten aus dem Wasaland / James Krüss
Hrsg. – München : F. Schneider, 1993
  ISBN 3-505-04932-8
NE: Krüss, James [Hrsg.]

© 1993 by Franz Schneider Verlag GmbH
Frankfurter Ring 150 · 8000 München 40
Alle Rechte vorbehalten
Lizenzausgabe mit freundlicher Genehmigung von
Heuer & Partner Public Relations, Hamburg
Umschlaggestaltung und Illustrationen: Jo Martin
Lektorat: Helga Jokl
Textredaktion: Nicola Aschenbrenner
Herstellung: Gabi Lamprecht
Satz: FIBO Lichtsatz GmbH, München, 12˙ Garamond
Druck: Staudigl GmbH, Donauwörth
ISBN: 3-505-04932-8

Inhalt

... Denn Frieden wünsche ich uns allen.
Ein gereimtes Vorwort

Wo gibt's ein Land, gesund und wacker,
Das jedermann betreten kann?
Die Celler Wasa-Knäcke-Backer,
Die regten's phantasievoll an.
Mit reinem Wasser, reinen Lüften,
Dem Glanz des reinsten Himmelblaus
Und reinen feinen Blumendüften,
So malten sie sich's freundlich aus.

Doch solche Kopfgeburt der Bäcker,
Die einerseits ins Schwarze trifft:
Wer andererseits macht sie uns lecker
Faßbar zurecht in Bild und Schrift?
Natürlich sind's die Journalisten.
Sie liefern uns nach gutem Brauch
Den Stoff zu heiteren, zu tristen
Und andren Tagesthemen auch.

So riefen denn die Bäcker munter:
Ihr Journalisten, an den Start!
Erzählt kopfüber und kopfunter
Vom Wasaland auf eure Art.
Schreibt nicht von Rom und nicht von Lhasa,
Auch nicht vom Inselreich Hawaiis.
Schreibt, was geschieht im Lande Wasa.
Die Besten kriegen einen Preis.

Und seht, die Journalisten kamen,
Erzählten flott für klein und groß,
Verhalfen, ohne zu erlahmen,
Selbst Elch und Sau zu einem Namen
Und fabulierten frisch drauflos.

Nun ist daraus ein Buch geworden,
Damit man's nicht so schnell vergißt,
Das gute Wasaland im Norden,
Das beinah' südlich heiter ist.
Mög' es, weil's friedlich ist, gefallen
Als kleines irdisches Paradies;

Denn Frieden wünsche ich uns allen,
Und Krieg ist böse,

sagt
James Krüss

9

Eika schafft es

Eika lachte hell auf und rollte ihre Kniestrümpfe herunter. „Klar traue ich mich, da durchzulaufen!"

Vor ihr lag ein gar nicht mal so kleines Brennesselfeld. Und neben ihr stand Rilm, der abwartend auf einem Grashalm kaute. Er war mit seinen elf Jahren der Älteste in der Klasse.

Eika kniff die Augen fest zusammen, holte tief Luft und murmelte ihren selbstausgedachten Kraft-Spruch: „Ichbinich-undichkannwasichwill", dann rannte sie los. Mitten durch das Brennesselfeld. Die hohen Büsche mit den pelzigen Zackenblättern peitschten ihre nackten Beine, aber sie spürte nichts. Am Ende des Felds drehte sie um, lief noch einmal mittendurch zurück und stand lachend vor Rilm.

Der spuckte den Grashalm aus und sagte: „Nicht schlecht dafür, daß du noch so jung bist."

„Erstmal nachmachen", rief Eika, „außerdem bin ich neunkommaneun, aber nicht mehr lange." Jeder, der diesen goldenen September im Wasaland miterlebte,

11

konnte daraus schließen, daß sie im Dezember zehn werden würde.

Eika machte sich nun auf den Heimweg, denn zu den wenigen, aber festen Familienregeln gehörte, daß man erst einmal von der Schule nach Hause kam, ganz gleich, was man später noch vorhatte.

Heute war der erste Schultag nach den großen Ferien gewesen, und es hatte Spaß gemacht, alle in dem hellen, holzgetäfelten Klassenzimmer wiederzusehen. Der graubärtige Schnauzerhund von Fräulein Öman hatte wie immer seinen Platz zwischen den Topfpflanzen auf der Fensterbank eingenommen, wo er bis zum Pausenzeichen laut schnarchte.

Alles war wie immer. Große Ferienreisen hatte keines der Kinder gemacht. Warum sollte man auch weit wegfahren, wo es in Wasaland doch alles gab, was das Leben schön machte: dichte Wälder, grüne Wiesen, klare Seen zum Baden und weite Kornfelder, wo man sich herrlich verstecken oder später Drachen steigen lassen konnte.

Eika mochte es gern, wenn die Dinge um sie herum so blieben, wie sie immer waren. Das gab einem so ein sicheres Gefühl, und das brauchte man einfach, wenn man selbst etwas Gutes, Neues und Wichtiges machen wollte.

Was das sein sollte, wußte Eika noch nicht genau. Aber sie war sicher, noch bevor sie zehn wäre, würde sie es wissen. Eika ging nun langsamer durch den kleinen Ort mit seinen Holzhäusern, deren Bewohner sie alle kannte, seit sie laufen konnte. Von den wenigen Ge-

12

schäften war „Olsens Gemischtwarenladen" dasjenige, an dem sie irgendwie nicht vorbeigehen konnte.

Bei Olsen gab es einfach alles: bunte Bonbons in Riesengläsern, Vanilletütchen und Glitzerpostkarten, gedrehte Kerzen und Buntstifte, Nägel, Taschenmesser, Schreibpapier, Wolle und Nähzeug, Blumenzwiebeln, Gartenhandschuhe, Spaten und, und, und …

Irgend etwas war heute anders, als Eika ins Halbdunkel von Olsens Laden trat.

Auf der Theke ganz rechts in der Ecke stand etwas, was sonst nicht da stand: eine alte, hohe, eckige, echte Schreibmaschine! Viele weiße runde Tasten mit schwarzen Buchstaben und Zeichen schauten Eika so

eindringlich an, als ob sie sagen wollten: „Hier sind wir. Auf eine wie dich haben wir gerade gewartet. Nun mach mal was mit uns."

Eika stand ganz still. So wie jemand, der plötzlich eine Nachricht bekommt, auf die er seit langem gewartet hat. So einfach ist das also, dachte sie. Dieses wunderbare Ding da wird mir helfen, ein bißchen Ordnung in all das zu bringen, was in meinem Kopf jeden Morgen Purzelbäume schlägt und am Abend wie eine Riesenschüssel Wort-und-Denk-Salat auf meinem Nachttisch steht. Mit der Schreibmaschine werde ich die Geschichten aufschreiben, die ich mir ausdenke!

„Was kostet die?" fragte Eika Herrn Olsen, und der sagte: „Für sechzig kannst du sie haben. Sonst kriegt sie Herr Profitsen, der nimmt sie sofort auch für achtzig. Er kommt nächste Woche sowieso hier durch."

Nee, bloß der nicht! dachte Eika. Untereinander nannten die Kinder Herrn Profitsen nur „den dürren Ekelgeier". Er kam alle zwei Monate von woanders – woher genau wußte niemand. Er versuchte den Leuten schöne alte Sachen abzuschwatzen. Die Holzwiege von Hellas Dachboden und das alte Zaumzeug von Pieters Pferd hatte er letztesmal gekauft.

Eika sauste nach Hause. Ma und Pa saßen am Küchentisch und aßen warme Quarkklößchen mit Apfelmus. Grommie, wie alle die Großmutter nannten, hatte sie zubereitet. „Na wenigstens noch ein Esser mit Appetit", sagte sie, als Eika sich an den Tisch setzte. „Dein Bruder Jason hat schon sechs Stück verputzt."

Eika schaufelte mit der rechten Hand so viel es ging

auf die Gabel, während sie mit der linken unauffällig unter dem Tisch die nun teuflisch juckenden Brennesselstiche an ihren Beinen kratzte.

„Wie kann ich Geld verdienen? Und zwar in kürzester Zeit?" fragte sie und trank ein Riesenglas Himbeersaft in einem Zug leer. Pa lachte, als er Eikas dringende Frage hörte.

„Da gibt es ein ganz sicheres Rezept", sagte er. „Du mußt dir Arbeit suchen. Und je kürzer die Zeit ist, in der du das Geld brauchst, um so mehr mußt du arbeiten. Das ist ein uraltes Gesetz."

Eika wollte eigentlich weniger über uralte Gesetze hören, als vielmehr praktische Tips kriegen.

Die bekam sie, wie immer, von Ma. „Du könntest Ria Ritter helfen. Sie wird wie jeden Herbst ihre Marmeladen und Gelees einmachen. Da braucht sie sicher jemanden, der ihr hilft."

Eika ließ die Gabel fallen, rief etwas Ähnliches wie: „Ich muß schnell Schularbeiten machen" und war verschwunden.

Kaum eine halbe Stunde später sauste sie zu Ria Ritter. Ihr gehörte das kleinste Häuschen am Ende des Ortes. Aber ihre Küche war größer als die meisten in Wasaland. Ria hatte alle ebenerdigen Räume zur Küche gemacht, indem sie die drei Türen dazwischen einfach aushängte. Da gab es einen großen Backofen, in dem auch Brot gebacken wurde, einen alten Feuerherd mit Eisenringen in der Herdplatte und drei lange Tische zum Arbeiten. Das Abwaschbecken war so groß, daß man Kälber darin hätte waschen können, und rings an den Wänden standen viele Holzregale mit leeren Marmeladen- und Kompottgläsern.

„Die Küche ist das Herz des Hauses", war einer von Rias weisen Sprüchen. Sie hatte für jede Gelegenheit einen passenden Spruch bereit.

Auf dem Feuer köchelte bereits ein Riesentopf mit Pflaumenmus vor sich hin, als Eika ihren Wunsch vortrug, beim Marmeladenkochen zu helfen und sich damit Geld zu verdienen.

„Rühren geht über Studieren", sagte Ria nur und drückte ihr einen großen Holzlöffel in die Hand. Damit mußte Eika nun ständig umrühren. Ein ganz schön zäher Brei war das, der mit der Zeit immer schwerer durchzurühren war. Das zog gewaltig in den Armen.

Dann mußte Eika Zucker abwiegen, Gläser heiß ausspülen und zum Trocknen umgedreht auf ein sauberes Tuch stellen, Töpfe spülen, Fruchtabfälle auf den Komposthaufen hinter dem Haus bringen ...

Als Eika nach drei Stunden Arbeit einmal vor sich hin stöhnte: „Puhh, ich glaub', ich kann nicht mehr!" –

16

hatte Ria zum Trost nur wieder einen ihrer seltsamen Sprüche bereit: „Warte bis die Frau mit der Schmierseife kommt, dann rutscht's von allein." – Natürlich kam niemand, weder mit noch ohne Schmierseife.

Nur einmal hörte Eika von ferne, wie Rilm ihrem Bruder Jason zurief, ob er mitkäme. Sie wollten die Drachen steigen lassen ...

„Na wenn schon", dachte Eika, „nächste Woche jage ich einen Drachen hoch, der sich gewaschen hat!" und klatschte einen Löffel Preiselbeergelee auf eine Untertasse zum Probieren.

„Schluß für heute", sagte Ria. „Morgen geht's an die Quitten. Ich glaube, in einer Woche hast du dein Soll erfüllt."

Eika wußte zwar nicht genau, was ein Soll war, aber sie hatte an diesem Nachmittag einen Trick herausgefunden: Wenn man sollen einfach zu wollen macht, geht alles viel leichter. Außerdem war sie ja diejenige, die etwas wollte. Und ob! Und wie!

Am Abendbrottisch fielen Eika beinahe die Augen zu. „Ich bin hundemüde, Leute, ich verdrück' mich jetzt lieber", sagte sie gähnend und verschwand in ihre Dachkammer.

Grommie meinte: „Wie seltsam das Kind in letzter Zeit redet. Man versteht einfach nur die Hälfte von dem, was sie sagt. Wohin drückt sie? Und wieso hundemüde? Unsere Hunde sind doch leider niemals müde?"

„Na ja", meinte Jason, „nur müde ist ihr zu wenig und todmüde ist ihr zu traurig. Also ist sie lieber müde wie

17

ein Hund." Die beiden Labradorhündinnen Linda und Lilli sausten, wie zur Bekräftigung dieser Worte, laut bellend und von ungeheurer Energie getrieben durch die Küche.

Eika hörte im Halbschlaf die vertrauten Geräusche von unten. Ihre langen Haare auf dem Kissen dufteten süß nach Pflaumen und Gelierzucker. Man kann auch einfach „schön müde" sein, dachte sie, ganz kurz bevor sie einschlief ...

An den folgenden Nachmittagen schien es Eika, als ob sie ständig bis an die Knie durch weiches Fruchtmus watete. Da wurden Ebereschen verlesen, Hagebutten zu Brei gekocht, Quittenviertel getrocknet oder zu Paste verarbeitet. Da wurde Zucker geläutert und als dickflüssiger Sirup über kleine, braune Birnen gegossen. Holunderbeeren wurden zu Gelee gekocht und Riesenkürbisse zerteilt und mit Ingwer und Zucker zu Kompott geköchelt.

Am dritten Nachmittag klopfte es ans Fenster von Rias Häuschen. Rilm stand draußen und versuchte durch die beschlagenen Scheiben nach drinnen zu sehen.

„Was willst du?" rief Eika ihm durch den Kesseldampf zu.

„Ich will auch mitmachen", sagte Rilm, „das riecht so gut bei euch da drinnen."

Ria Ritter richtete ihren Ein-Meter-fünfzig-Körper so hoch es ging empor. „Hat der saubere Fingernägel? Dann kann er Etiketten schreiben", sagte sie. Und Rilm, der Beste in Mathe, Physik und Sport, verbrachte zwei

volle Nachmittage damit, fein säuberlich die Marmela-
de-Sorten auf weiße Klebezettel zu schreiben.

So verging für Eika diese Woche wie im Flug. Am
letzten Arbeitsnachmittag gab es eine Probierstunde,
und, wie von Buschtrommeln herbeigerufen, kamen
fast alle Kinder von Wasaland zu Ria.

Von einem hohen Stapel auf dem Tisch verteilte Ria
Knäckebrot an alle.

Und dann begann ein fröhliches Schmausen und Probieren von all den duftenden Köstlichkeiten. Eika blickte zufrieden auf das Ergebnis von einer Woche Arbeit. Lange Reihen gefüllter, buntfunkelnder Gläser mit Marmelade standen auf den Borden in Rias Küche. Viele davon würde sie im Laufe des Winters verkaufen oder eintauschen gegen Dinge, die sie dringend brauchte. Eika fühlte sich großartig, so ein bißchen wie die Wohltäterin von Wasaland. Als sie gerade lauthals das Lied „Komm heraus, du schöne Braut" anstimmen wollte, sagte Rilm plötzlich: „Übrigens, Profitsen ist im Ort. Ich habe vorhin sein Auto gesehen!"

Eika blieb fast der Bissen im Hals stecken. Sie rannte zu Ria. „Mein Geld, bitte, schnell!" rief sie, und Ria gab ihr, was in der Schublade des Küchentisches abgezählt bereitlag. Eika sauste davon, so schnell sie konnte. Außer Atem erreichte sie Olsens Laden.

Die Schreibmaschine war nicht mehr da! Das konnte doch nicht wahr sein!

„Wo ist sie?" schrie Eika Herrn Olsen an.

„Ich weiß nicht", sagte der, „meine Frau war heute den ganzen Tag im Laden, ich war nicht da. Wahrscheinlich hat sie das olle Ding an Herrn Profitsen verkauft. Na ja, die war ja wohl auch mehr was fürs Museum. Aber, sieh mal, ich habe schöne neue Filzschreiber."

„Selber einer!" zischte Eika wütend, aber Olsen konnte das sowieso nicht mehr hören. Denn Eika war bereits draußen und rannte, so schnell sie konnte. Raus aus dem Ort. Wohin, wußte sie nicht, aber sie steigerte ständig ihr Tempo. Das graue Kopfsteinpflaster der

Dorfstraße wurde wie ein Fließband unter ihr weggezogen. Wut und Enttäuschung mischten sich in ihrer Brust zu einem scheußlichen Klumpen, der ihr fast die Atemluft abdrückte. Keuchend erreichte sie endlich den kleinen Birkenwald vor dem Dorf. Sie warf sich auf den Moosboden und rang nach Luft. Eine Woche Arbeit ganz umsonst! Das Leben war ungerecht und die Menschen gemein!

Die Sonne stand schon ganz schräg und färbte den Abendhimmel rot. Die Vögel sangen, und ein leiser Wind ließ die Birkenblätter rascheln. Alles war so friedlich. Eika schloß die Augen und murmelte leise ihren Kraftspruch vor sich hin: „Ichbinich-undichkannwasichwill!"

Es war wie ein Lied, das ihr plötzlich neue Kraft gab. Umsonst war die Arbeit gar nicht gewesen. Schließlich war aus etwas sehr Vergänglichem etwas länger Bestehendes geworden. Beeren, die in zwei Wochen verfault wären, hatte sie für mindestens ein Jahr haltbar gemacht. Und noch besser würde sie es mit ihren Gedanken machen.

Was das Ausdenken und Aufschreiben von Geschichten betraf, erkannte Eika plötzlich: Wichtig ist vor allem, daß ich sie im Kopf habe! Egal, ob ich sie mit der Hand in ein Schreibheft schreibe oder sie in eine Maschine tippe. Sie sind von mir, das kann mir keiner nehmen. Und schon gar nicht der alte Ekelgeier! Eika schneuzte sich die Nase in ein Blatt, da sie wie immer kein Taschentuch bei sich hatte. Sie stellte fest, daß die kleinen Birkenblätter dazu nicht besonders geeignet waren und mußte lachen. Dann machte sie sich auf den Heimweg.

Als sie nach Hause kam, stand Ma im Wohnzimmer. „Geh mal gleich in die Küche", sagte sie, „du mußt ja einen Riesenhunger haben." Eigentlich spürte Eika gar keinen Hunger, aber sie ging in die Küche, weil das der einzige Ort im Haus war, wo man immer jemanden antraf. Pa saß mit dem Rücken zur Tür am Tisch und bastelte an irgend etwas herum.

„Na, ich denke, ich hab' sie so ziemlich wieder hingekriegt, nur das E hakt noch ein bißchen", sagte er und drehte sich schmunzelnd zu Eika um. Und da stand doch wahrhaftig, funkelnd und blitzend – wie war das nur möglich? – die Schreibmaschine! Und sah gar nicht mehr so armselig aus. Eika sah ihren Vater stumm mit großen fragenden Augen an.

„Eigentlich wollte ich nur Nägel kaufen bei Olsen", sagte Pa, „und dann kam dieser Profitsen herein. Na ja, ich war ja vor ihm dran, und da hab' ich die Maschine dann gleich mitgenommen. Ich wußte ja, von wem ich mein Geld wieder kriege. Oder?"

Eika zählte langsam und ernsthaft ihr Geld auf den Küchentisch, bevor sie Pa um den Hals fiel.

„Die Reparatur kostet nichts", lachte der, während er anfing, seine ölverschmierten Hände mit Seife zu schrubben.

Eika trug die Schreibmaschine in ihre Dachkammer und stellte sie vorsichtig auf die breite Fensterbank. Dann riß sie eine Seite aus ihrem Schulheft, spannte sie über die Rolle, drehte an dem großen Seitenknopf, bis das Papier richtig eingespannt war, und begann sorgfältig mit einem Finger zu tippen: „Vielen Dank! Es war ein toller Tag. Das Leben ist schön."

Das reichte für heute. Eika rollte sich zufrieden gähnend in ihrem Bett zusammen. Sie hörte von ganz weit weg, wie Pa die Hunde aus dem Garten hereinrief und dann die Haustüre zumachte. Abschließen mußte man nicht in Wasaland.

Der Winter würde nun bald kommen und mit ihm viel Zeit zum Geschichtenschreiben.

Und Eika würde sie – tipptipptipp – in alle Welt schicken, damit auch andere davon erführen, wie schön es in Wasaland ist.

Der Korngeist

Es war mein erster Feriensommer. Bisher hatte ich meine Großeltern Sommer wie Winter besucht, war der kleine Steppke aus Stockholm gewesen, den man auf den Heuwagen hob, dem man den Mund abwischte, nachdem er riesige Butterbrote in sich hineingestopft hatte. Und den Britta beschützend in den Arm nahm, wenn die anderen Kinder mal wieder zu grob waren.

„Öören-Sören, schmales Hemd, setzt sich auf die Darrn und flennt!" Die Darrn war ein Gitter, auf dem die Bauern dicke gelbe Körner trockneten. Manchmal war es ganz kuschlig warm, wenn man sich draufsetzte, aber man konnte sich genausogut den Hintern darauf verbrennen. Nur die Kinder vom Hof wußten, wann man sich besser nicht auf den schweren schmiedeeisernen Rost setzte.

Wie gesagt, es war mein erster Feriensommer. Denn im März war ich in die Schule gekommen, Sjöwallgraben 12, ein graues Steinhaus und ein Klassenzimmer mit einem Linoleumboden, auf dem man mit einem

25

Radiergummi zeichnen konnte. Jetzt schrieb ich schon alle runden Buchstaben, aber dafür durfte ich nur in den Ferien zu den Großeltern fahren.

Es war also mein erster Feriensommer, und als ich an der kleinen Bahnstation ausstieg, kam ich mir schon fast erwachsen vor. Früher hatte mir meine Mutter noch einen Zettel zugesteckt, den ich einem Mitreisenden zeigen mußte, damit er mich bei der richtigen Station aus dem Zug bugsierte. Jetzt konnte ich schon fast lesen und suchte aufgeregt mit den Augen die rotgemauerten Bahnhofsmauern nach den sieben Buchstaben ab, die ich seit Stockholm ständig vor mich hin murmelte: „T-r-ö-v-j-ä-l".

Manchmal fehlte ein ä, manchmal war der Name viel zu kurz, und manchmal zu lang. Je länger die Reise dauerte, um so aufgeregter wurde ich. Saß ich nicht schon viel zu lange im Zug? Hatte ich den Namen überlesen? Weil ich nur die runden Buchstaben kannte, konnte ich nicht mehr als „--r-ö---j-ä--" entziffern. Gab es vielleicht ein Dorf mit denselben Buchstaben im Namen? Etwa „F-r-ö-s-j-ä-k" oder „B-r-ö-m-j-ä-l"? Ach, mir fielen noch Dutzende von Namen und schrecklichen Möglichkeiten ein, daß und wie ich das Dorf meiner Großeltern verpaßt haben könnte! Gerade wollte ich mich auf die Suche nach dem Schaffner machen, als mich jemand von hinten knuffte.

„He, Öören-Sören, jetzt mach dich fertig. Wir sind gleich da!"

Ich drehte mich um, und da stand Hans vor mir, grinste breit und lud sich gerade eine schwere Reisetasche

auf die Schulter. Hans, der auf dem Trömphof arbeitete, fuhr ab und zu nach Söderhamn und machte für alle Bauern im Dorf Besorgungen: Scharniere, Nähgarn, Paprikapulver, Fensterglas und Lampenöl. Für die Arbeit bekam er eine gut gestopfte Tüte Pfeifentabak und einen Tag frei.

Hans wäre am liebsten jede Woche nach Söderhamn gefahren, aber soviel brauchten die Bauern nun auch wieder nicht aus der Stadt. Ich war froh, endlich ein vertrautes Gesicht zu sehen, und gleichzeitig ärgerte ich mich so über mich, daß ich ganz rote Ohren bekam. Hätte ich mich etwas im Abteil umgesehen, wäre mir die ellenlange Buchstabiererei erspart geblieben.

„Hö, du bist jetzt in der Schule, hört man", sagte Hans.

„Ja. Und ich kann schon alle runden Buchstaben."

Hans wackelte ungläubig mit dem Kopf.

„Besonders gut kann ich Bahnhofsschilder lesen. Ach, da kommt ja gerade eins ..."

Ich wollte Hans zeigen, wie schlau und aufgeweckt wir Stadtkinder sind, und las ohne genau hinzuschauen von der Wand des langsam vorbeiziehenden Backsteinhauses „T-r-ö-v-j-ä-l" ab.

„Hm", machte Hans und war nicht sehr beeindruckt. „Na, zwei Buchstaben haben immerhin gestimmt. Aber nicht in der richtigen Reihenfolge."

Ich spürte, wie ich schon wieder rote Ohren bekam.

„Das ist das Schild vom Lagerhaus. *Gebrüder Säköpping* steht dran. Der Bahnhof kommt jetzt – aber fürs erste Jahr ist es nicht schlecht."

Hans grinste, hob meinen Koffer aus dem Gepäcknetz und stapfte aus dem Abteil. Ich folgte ihm und meinte, meine Ohren müßten schon qualmen. So heiß waren sie geworden.

Mein Onkel Blekkje holte mich mit dem Pferdewagen vom Bahnhof ab. Als er mich fragte, wie es so in der Schule ginge, hatte ich gar keine Lust mehr, von meinen Fortschritten bei den runden Buchstaben zu erzählen und brummte nur vor mich hin. Das schien ihm zu gefallen.

„Hast schon recht. Nur Narrenkram lernt man in der Schule. Nicht, wie man eine Deichsel repariert, und auch nicht, wie man Sensen schleift. Aber alle Nase lang schleppt man irgendeine komische Krankheit nach Hause. Hat einer Windpocken, haben's alle!"

Onkel Blekkje seufzte und erzählte, was in Trövjäl in der Zwischenzeit alles passiert war. Der Sohn seiner Schwester Markke hatte sich ein Bein gebrochen, im April hatte es viel zuviel geregnet, und letzte Woche hatte eine schwarze Sau gegorene Zuckerrüben gefressen. Danach war das arme Tier fast verrückt geworden, denn gegorene Zuckerrüben machen mit Tieren das, was Schnaps mit Menschen macht. Die Sau war aus dem Stall ausgebrochen und auf dem Hof herumgetobt, bis sie sich schließlich in einem von Tante Lotta gerade frisch gewaschenen und zum Trocknen aufgehängten Leintuch verhedderte und es durch alle Pfützen und Gräben schleifte.

Das Gesicht von Tante Lotta konnte ich mir gut vorstellen. Die Geschichte gefiel mir, und ich merkte, wie meine Ohren langsam wieder abkühlten. Wir bogen in die kleine Birkenallee ein, die zum Hof meiner Großeltern führte, und wir hatten noch nicht den Waldrand erreicht, als hinter einem Holzstoß drei kreischende Tannenbäume hervorsprangen, mit Gejohle auf den Pferdewagen zusprangen und im Chor sangen: „Öören-Sören, blasse Latte, hat die Hose voller Watte!"

Die Tannenbäume waren meine Vettern Ole, Max und Ronneham, und sie hatten tatsächlich ein neues Lied einstudiert. Über und über mit Tannenzweigen behängt, hatten sie wahrscheinlich gerade Waldtrolle gespielt, als wir aufgetaucht waren. Meine Base Kristina saß wohl irgendwo im Unterholz und mußte „Hüterin" sein. Eine langweilige Rolle, denn sie durfte nicht vom Lagerplatz weglaufen. Die Mädchen mußten immer den Trollschatz bewachen, eine Dose mit Steinmurmeln oder ein geschnitztes Holzmesser, und erst wenn die Trolle meinten, jetzt wäre es genug, und man könnte zurück zum Hof laufen, wurden sie erlöst. Die ersten Jahre setzten mich meine Vettern noch als Unterhüter dazu, aber später war ich der „Lörejan", ein ängstlicher Hirte, der sich regelmäßig im Wald verirren mußte und dem die Trolle wilde Streiche spielten. Ein Troll war ich noch nie gewesen.

Das Pferd scheute ein wenig, aber Onkel Blekkje zog nur kurz die Zügel an und schnalzte mit der Zunge, schon war es wieder ruhig. Er grinste mich an und sagte: „Na, Öören-Sören, willst du absteigen und später mit der ganzen Bande nachkommen?"

Aber im Moment hatte ich so gar keine Lust, mich mit Tannenzapfen bewerfen zu lassen, in versteckte Fallgruben zu purzeln oder meine Mütze aus Baumwipfeln holen zu müssen. Ich schüttelte den Kopf. „Nein, ich bin etwas müde von der Reise und will erst Oma und Opa begrüßen."

Der Onkel schaute ein bißchen komisch, aber dann schnalzte er doch mit der Peitsche und trieb das Pferd wieder an. Mitten durch die wild tanzenden Tannenbäume.

Ich hatte nicht wirklich Angst vor meinen Vettern – schließlich war ich fast zwei Jahre älter als sie –, aber sie mochten ziemlich rauhe Spiele, und sie waren einfach immer zusammen. Eine Räuberbande, wie mein Vater sie nannte, aber es klang jedesmal ein bißchen stolz, wenn er so von ihnen sprach. Mein Vater war hier in

Trövjäl aufgewachsen, und Ole, Max und Ronneham waren die Söhne seines Bruders. Und die beiden hatten schon Waldtrolle gespielt, als sie noch klein waren, und ihre Väter wohl auch. Ich konnte ja nichts dafür, daß ich in Stockholm aufwuchs, aber mein Vater strich mir oft stirnrunzelnd über das Gesicht und brummte: „Blaß ist der Junge, mager und blaß. Es wird Zeit, daß er wieder aufs Land kommt!"

Und Mutter seufzte und sagte: „Ja, zu deiner Räuberbande, die ihn wieder mit Tannenzapfen bewirft und ihm alle Jackenknöpfe abschneidet."

Aber Vater grinste nur und erklärte uns, daß es in dieser Gegend von Schweden ein Freundschaftsbeweis sei, wenn man dem anderen Knöpfe abschnitte und ihn mit Tannenzapfen bewerfe. Ich war mir da nicht so sicher. Und Ole, Max und Ronneham hatte ich nie ohne Jakkenknöpfe herumlaufen sehen.

Nach zwei Tagen war wieder Ruhe im Trövjäl-Hof eingekehrt, nachdem meine Vettern und Basen meinen Koffer bis in die letzte Ritze nach Geschenken durchsucht hatten und nachdem mich die Großeltern abwechselnd mit Fragen und Essen vollgestopft hatten: „Mein Gott, Junge, bist du schmal, iß noch eine Suppe, nimm ordentlich Sahne dazu, und du fährst tatsächlich mit einer e-lek-tri-schen Straßenbahn zur Schule, nimm noch von dem Kürbiskompott, hat deine arme Mutter wenigstens ein bißchen zugenommen?"

Tags darauf kam die weitere Verwandtschaft aus den umliegenden Dörfern, ich mußte wieder und wieder er-

32

zählen, wie das neue Kaufhaus in Stockholm aussieht, wie Mutter mit dem Absatz in der Rolltreppe steckengeblieben war, und was wir in der Schule mittags zu essen bekommen. Die Leute schauten sich zwischendurch immer wieder kopfschüttelnd an, tranken Tee und aßen Aniszwieback, strichen mir übers Haar und gaben meiner Großmutter gute Ratschläge für kräftigende Kost. Am liebsten hatte ich Aseneier, klein gebröseltes Knäckebrot, das die Großmutter mit Eiern verrührte und dann langsam in einer Pfanne stocken ließ. Dazu gab es entweder Essigtomaten oder Apfelkompott – süß oder sauer, ganz wie ich wollte.

Am dritten Tag hatte sich die Aufregung über meine Ankunft schon völlig gelegt, meine Vettern hatten mir den gesamten Schokoladevorrat abgeluchst, der für vier Wochen reichen sollte, und mich zum Unterhüter des Trollschatzes ernannt – wie jedes Jahr. Ich hatte mir eine kleine Weidenflöte geschnitzt und wieder verloren, war mit meinen neuen Ledersandalen in den Arkobach gefallen und beobachtete, wie die Sommersprossen auf meiner Nase wuchsen. Das tun sie jeden Sommer in Trövjäl, und im Winter ist meine Nase wieder ganz blaß. Seltsam.

Alles war wie immer, oder nein, nicht ganz – am zweiten Tag hatte ich ein schauerliches Erlebnis. Ich streifte morgens vor dem Frühstück gerne durch die Felder bis zum Waldrand, rannte durchs Gras, durch Lupinen und Heublumen, ließ meine Zehen kitzeln und kämpfte mit einer Weidenrute gegen die Luftgeister. Zur Birkenallee nahm ich eine Abkürzung durchs

33

Kornfeld. Die Großeltern mochten das nicht gerne, aber ich hüpfte ganz schnell durch den jungen Weizen, so schnell, daß es dem Getreide nicht schaden konnte, hoffte ich.

An diesem Morgen war ich so in den Luftkampf vertieft, sprang und kreischte, daß ich fast in eine alte Frau hineinrumpelte, die am Waldrand stand und Vogelbeeren zupfte. Erschrocken blieb ich vor ihr stehen. Sie hatte einen krummen Rücken, denn so tief, wie sie den Kopf hielt, waren ihre Augen nicht höher als meine. Als sich ihr Mund öffnete, glaubte ich, vor einer leibhaftigen Hexe zu stehen. Nicht nur, weil sie kleine schwarze und gelbe Stummelzähne hatte, sondern weil die heisere und knarrende Stimme mich an einen Märchenfilm erinnerte, den ich mit meiner Mutter in Stockholm gesehen hatte.

„Dummer Junge", krächzte sie und funkelte mich mit zusammengekniffenen Augen an, „so weckst du noch den bösen Korngeist mit deinem Gespringe. Weißt du denn nicht, daß man nicht durchs Getreide laufen darf? Der Korngeist wird dich eines Tages verschlingen, wenn du weiter so auf seinen Untertanen herumtrampelst!"

Wie versteinert blieb ich vor ihr stehen, konnte nichts sagen und auch nicht wegrennen, bis sie mit einer schnellen Bewegung in ihr Gewand griff. Jetzt überschlug ich mich fast nach hinten und rannte wie mit brennenden Hosen zurück zum Hof, denn ich wollte um keinen Preis mit ihrem Zauberstab Bekanntschaft machen, oder wonach auch immer sie gegriffen hatte.

Völlig außer Atem kam ich zum Frühstück, und die Großeltern schauten sich nachdenklich an, aber sie fragten nichts. Ich war mir sicher, daß vor lauter Schreck alle Sommersprossen von meiner Nase verschwunden sein mußten. Erst als die Kinderherde aus der Tür getobt und Großvater in den Stall gegangen war, traute ich mich Großmutter nach der schrecklichen Frau zu fragen.

„Ach, die alte Ryswillerin", sagte sie und zwickte mich tröstend in die Backe, „der gehst du besser aus dem Weg. Manche Leute meinen, sie hat die ‚große Kraft' und kann mit den Erdgeistern reden, aber sie lebt schon zwanzig Jahre ganz allein und ist halt etwas seltsam geworden. Und jetzt geh spielen."

Tatsächlich hatte ich diese Begegnung bald vergessen; ich schaute jetzt zwar jeden Morgen genau zum

Waldrand hinüber, bevor ich durchs Korn sprang, aber die alte Frau traf ich niemals wieder. Der Weizen war schon bei meiner Ankunft so hoch gewesen, daß er mir bis zur Brust reichte, und jetzt konnte man fast zuschauen, wie er wuchs. Ein paar Tage später kitzelten die Ähren mich schon unter den Armen, noch ein paar Tage und sie reichten mir über die Schultern. Und schließlich war es gar soweit, daß ich nur noch mit großen Sprüngen durchs Feld hüpfen konnte, damit ich wenigstens ab und zu einen Blick über den goldgelben Getreidewald werfen konnte.

Dann kam der Tag, als ich – wie jeden Morgen – aus dem Haus stürzte, über den Hof rannte, mit weiten Sprüngen über die Pferdekoppel jagte und in vollem Lauf in das goldgelbe Kornfeld eintauchte. Plötzlich hatte ich die Worte der alten Frau wieder im Kopf: „Der böse Korngeist wird dich verschlingen!" Denn auf einmal war ich umgeben von einem unglaublich hohen Wald aus Ähren, die gerade noch einen kleinen Ausblick auf den Himmel freigaben. Vor Schreck kam ich aus dem Tritt, stolperte und fiel zu Boden. Das Herz schlug mir bis zum Hals, und ich konnte mich eine ganze Zeit nicht aufrichten. Ich blieb auf dem Rücken liegen und sah nichts als diesen Wald aus Getreide, das nun so hoch gewachsen war, daß ich nicht mehr darüberschauen konnte. Ich stand auf, aber ich konnte nichts hinter dieser Wand aus Ähren sehen. Ich sprang, so hoch ich konnte, aber trotzdem konnte ich nicht erkennen, in welcher Richtung der Wald oder das Haus der Großeltern lagen.

Wie sollte ich heimkommen? Der Korngeist – jetzt hatte er mich tatsächlich verschlungen!

Ich lief kreuz und quer durch das Feld, zuerst mit schützend vorgestreckten Armen, damit mir das Korn nicht ins Gesicht schlug, dann immer schneller, bald hierhin, bald dorthin, bis ich plötzlich wieder stürzte. Ich war über etwas Weiches gestolpert, das, kaum war mein Fuß dagegengestoßen, laut aufkrächzte. Wie ein Rabe oder ein Waldtroll. Oder der Korngeist!

Als ich mich umsah, blieb mir fast das Herz stehen. Im Korn saß eine schwarzgekleidete alte Frau, dieselbe, die ich am Waldrand getroffen hatte: die Ryswillerin.

Sie hatte so gekrächzt, und jetzt stöhnte sie auf und funkelte mich mit kleinen Augen an. „Ah, der wilde Junge, der immer durchs Korn rennt. Was schaust du wie ein Ofenrohr! Komm her und hilf mir!"

Aber ich konnte mich vor Schreck nicht bewegen.

Die Ryswillerin sprach weiter, und ihre Stimme klang auf einmal viel freundlicher. „Na komm schon. Ich kann nicht mehr auftreten, ich muß mir den Fuß verstaucht haben."

Vorsichtig kroch ich zu ihr hinüber, und als sie mit der Hand meine Schulter faßte, glaubte ich, jetzt müsse sich gleich eine eiskalte Kralle durch mein Hemd bohren. Aber die Hand war warm, und die Ryswillerin brachte fast ein Lächeln zustande, als sie sich auf mich stützte und langsam aufrichtete.

„Aaaah", stöhnte sie, „na wenigstens ist es nicht weit, nur ein paar Schritte zum Weg." Sie wies mir die Richtung, und tatsächlich, schon nach vier Schritten öffnete

sich die Wand des Kornfelds, und wir standen an der Birkenallee.

„Jetzt such mir noch einen kräftigen Stock, dann komm' ich schon allein nach Hause", sagte sie. Aber plötzlich hatte ich alle Furcht vor dieser alten Frau verloren. Und schließlich hatte sie mich ja aus den Klauen des Korngeists befreit.

„Ich bringe Sie heim. Zeigen Sie mir nur den Weg."

Die Ryswillerin schaute mich prüfend an, dann lachte sie und sagte: „Donnerlittchen, so ein höflicher kleiner Kerl. Du bist aber sicher nicht von hier!"

„Nein, aber mein Vater. Er ist vom Trövjälhof, und ich komme jedes Jahr im Sommer zu meinen Großeltern."

„Der Kleine vom Trövjälhof", sagte die Frau ganz versonnen. „Ich kenne deinen Vater gut. Er und sein Bruder haben mir immer Birnen aus dem Garten gestohlen. Einmal hätte ich sie fast erwischt, aber rennen konnten diese Knaben, rennen ..."

Und so spazierten wir langsam und vorsichtig weiter, die alte Frau stützte sich auf meine Schulter, erzählte

38

von meinem ungezogenen Vater und den ganzen Bengels aus der Gegend und daß sie ihr „Ryswillhaut – Drachenbraut" nachriefen. Nach einer guten halben Stunde kamen wir an eine kleine Holzhütte mit einem Brunnen davor, auf dessen steinernem Sockel sich zwei große getigerte Katzen in der Sonne aalten. Als sie uns sahen, standen sie langsam auf, streckten sich und fingen an, um unsere Füße herumzustreichen. Die Ryswillerin kraulte die Katzen ganz liebevoll. „Das ist Öoren-Sören vom Trövjälhof. Seid nett zu ihm, denn er hat euer altes Mütterchen sicher heimgebracht."

Und die Katzen schauten sie aufmerksam an, als ob sie sie verstünden, miauten und rieben sich beide ausgiebig an meinen Knien.

„Aber jetzt mußt du auch noch hereinkommen und etwas Haferknäcke essen. Wegen mir hast du ja dein Frühstück versäumt."

Ich folgte ihr in das niedrige, reetgedeckte Haus. Sie machte Milch heiß, rührte Honig hinein und schob mir einen Teller mit Knäckebrot zu. Es war das beste Haferknäcke, das ich je gegessen hatte.

Als wir zusammen an ihrem kleinen runden Holztisch saßen, schaute sie mich ganz freundlich an. „Jetzt muß ich dir noch die Geschichte mit dem Korngeist erklären. Es gibt nämlich gar keinen, aber man erzählt das den Kindern, damit sie nicht das Getreide zertrampeln. Schließlich brauchen wir es, um daraus Mehl zu mahlen und Brot zu backen. Aber es hat noch einen anderen Grund. Wenn kleine Bengel, so wie du, im August durchs Korn rennen, kann es leicht vorkommen, daß

sie sich verirren und nicht mehr herausfinden. Oft
schon hat man so einen Schlingel stundenlang suchen
müssen, und danach war der Weizen ganz gehörig zer-
treten. Also, denk daran – ab jetzt nie mehr ins Feld laufen. Obwohl ...", sie machte eine kleine Pause und
schmunzelte, „heute war es wohl mein Glück. Sonst
hätte man mich suchen müssen. Und wer hätte das
schon gemacht?"

Diese Begegnung veränderte mein Leben bei den Großeltern. Als ich eine gute Stunde zu spät zum Frühstück kam, war das ganze Haus schon in heller Aufregung. Man hatte mich schon überall gesucht, und als ich erzählte, wo ich gewesen bin, waren alle erstaunt.

„Bei der Ryswillerin! Der kleine Steppke hat wirklich Mumm", sagte mein Großvater.

Meine Vettern schauten mich ganz bewundernd an, und als wir später in den Wald liefen, fragte Max: „Stimmt es, daß sie zwei verzauberte Trollkatzen hat?"

„Ja", sagte ich. „Aber ich bin jetzt ihr Freund, und die zwei Katzen folgen mir aufs Wort. Ich kenne das geheime Wort, das ich rufen muß, wenn man mich ärgert oder ich in Not bin. Dann kommen sie angerannt und helfen mir. Habt ihr gewußt, daß sie so groß wie Tiger werden können, wenn man das richtige Wort kennt?"

Das hatten sie noch nicht gewußt. Aber von da an war ich der Ehrentroll. Und als Arne vom Nachbarhof mich eine Woche später mit einem Kuhfladen bewarf, verprügelten ihn meine Vettern dafür.

Es waren die schönsten Ferien meines Lebens.

Ein kleiner Elch in Wasastadt

Sven kuschelte sich gerade wohlig in seine Bettdecke, als es heftig an den hölzernen Fensterladen klopfte. Sven erschrak, denn immerhin war es schon spät, und Svens Eltern saßen noch im Gemeindehaus, um über die Kosten für den neuen Kindergarten in Wasastadt zu streiten. Na, überlegte Sven, das ist wohl Arno, der mal wieder nicht mit den Hausaufgaben fertig geworden ist. Dem werde ich was erzählen, daß der mich jetzt noch aus den Federn holt!

Sven rollte sich aus seinem weichen Federbett, öffnete das Fenster und drückte den Holzladen auf. „Was ist?" fragte er ungehalten.

Und dann erschrak Sven, weil eine unbekannte Stimme antwortete: „Du, ich habe Hunger, gib mir bitte etwas zum Essen!"

Sven schlug entsetzt den Fensterladen zu. Aber dann tat es ihm doch leid, einen hungernden Fremden so unfreundlich behandelt zu haben. Und er machte den Holzladen wieder auf, aber nur ein klein wenig, denn wer konnte wissen, wer dieser Fremde war.

„Ja, ich werde ..." Es verschlug Sven die Sprache, denn er blickte geradewegs in die pflaumengroßen Augen eines Elchs.

„Ich habe wirklich ganz schrecklichen Hunger!" jammerte der Elch. „Bitte, gib mir zu essen!"

Sven überlegte: Tiere können gar nicht sprechen!

Und wenn, dann nur an Weihnachten. Oder aber, ich schlafe schon und träume das alles nur. Im Traum spielt es gar keine Rolle, ob ein Elch sprechen kann oder nicht. Im Traum kann ich ihm auch etwas zu essen geben. Das fällt gar nicht auf, und Mutter merkt es auch nicht.

Sven sagte zum Elch: „Na klar doch! Warte einen Augenblick. Ich hol' dir Brot aus der Küche und ein paar gekochte Kartoffeln. Aber paß bloß auf, daß du keine Krümel machst beim Essen. Dann krieg' ich nämlich fürchterlichen Ärger mit meiner Mutter!" Und dann dachte Sven: Was für ein Unsinn. Wenn das nur ein Traum ist, kann ich ja gar keinen Ärger bekommen. Ich werde den Elch hereinbitten, er kann bei mir im Zimmer essen, und wir können uns dabei unterhalten. Also sagte Sven: „Ich mach' dir die Tür auf!"

Er lief schnell zur Hintertür, die von der Küche aus direkt in den Garten führte. Sven öffnete die Tür und wunderte sich, daß der Hund Simon nicht hereinstürmte. Na ja, überlegte Sven, vielleicht hat er Angst vor dem Elch und versteckt sich hinter dem Gartenhäuschen.

Der Elch trabte um die Hausecke und schüttelte seinen Kopf, so daß sein Geweih gefährlich nahe an Svens Nase kam. Er hauchte ein „Danke schön", und seine lange Zunge fuhr feucht und warm wie ein nasser Schwamm quer über Svens Gesicht.

Sven bekam einen Mordsschreck, weil er dachte, der Elch wolle ihn beißen. Er fuhr sich mit dem Pyjamaärmel über die Backen und sagte unwirsch: „Laß das! Komm jetzt in die Küche!"

44

Der Elch drängelte sich neben Sven durch die enge Küchentür und schaute gierig auf das Brot, das auf dem Küchentisch lag.

„Iß nur, soviel du magst. Meine Mutter backt das Brot selbst, das schmeckt ganz toll!" Und Sven schob dem Elch gleich einen halben Laib Brot ins Maul.

Der Elch kaute kurz und schluckte dann kräftig. „Das schmeckt wirklich fein! Hast du noch mehr davon?" Und er machte das Maul weit auf wie eine Schranktür. Sven öffnete den Brotkasten, fand noch ein Brot und legte es dem Elch ins Maul. Wie in eine Schublade, dachte Sven dabei, und da geht noch viel mehr hinein, so groß, wie es ist. Der Elch schluckte, und das Brot war verschwunden. Hungrig schaute sich das Tier in der Küche um.

Sven sagte: „Ja, ja, ich such' dir jetzt Kartoffeln. Meine Mutter hat welche für morgen gekocht."

Es machte Sven direkt Spaß, dem Elch die Kartoffeln einzeln ins Maul zu werfen. Der schluckte immer nur kurz und nickte dazu mit dem mächtigen Kopf. Da sah Sven den Marmeladentopf, und ein Gedanke schoß ihm durch den Kopf: wenn ein Elch reden kann, dann wird er auch Marmelade mögen wie ich. Und wenn er die Marmelade vom Löffel schleckt, dann ist der Elch vielleicht ein verwunschener Prinz. So etwas kennt man ja vom Froschkönig.

Sven fuhr mit dem großen Holzlöffel durch den Marmeladentopf, schob ihn schnell, damit nichts auf den blitzblanken Boden kleckerte, dem Elch ins Maul und drehte ihn um.

Der Elch verdrehte die großen Kulleraugen und stöhnte leicht auf: „Das schmeckt aber fein. Hat das auch deine Mutter gemacht? Komm, gib mir den Topf, ich leck' ihn sauber aus, das versprech' ich dir!"

Sven war verblüfft. Der Elch war ganz sicher ein verzauberter Prinz. Welches Tier mochte schon Marmelade! Also griff Sven schnell den Marmeladentopf und hielt ihn dem Elch hin. Der fuhr geschickt mit seiner langen Zunge hinein und in Null Komma nichts war der Topf sauber ausgeschleckt. Besser hätte es Sven auch nicht machen können.

„Bist du jetzt satt?" fragte Sven besorgt, „ich habe nämlich nichts mehr!"

Der Elch antwortete: „Von der Marmelade hätte ich noch gerne. Schade!" Er leckte sich genüßlich die Lippen. Dann gähnte er ausgiebig, und Sven konnte ihm tief in den Schlund sehen.

Sven sagte: „Jetzt mußt du aber gehen! Meine Eltern kommen bestimmt bald nach Hause, und da muß ich schlafen. Das habe ich fest versprochen, und das halte ich auch!"

Der Elch verdrehte wieder die Augen: „Oh, schlafen, das ist gut! Wo schlafen wir denn?"

Sven war ehrlich überrascht: „Wieso wir? Ich denke, Elche schlafen im Wald, und Menschen schlafen in Häusern in Betten!" Und er versuchte den Elch in Richtung Küchentür zu schieben.

Der Elch stemmte die Beine schräg gegen den hölzernen Boden und jammerte: „Das kannst du doch nicht machen! Es ist kalt draußen, und ich friere so leicht.

Laß mich bei dir schlafen. Ich schnarche auch nicht und mache mich ganz klein."

Sven überlegte. Wenn der Elch ein verwunschener Prinz ist, und das ist fast sicher, weil er Marmelade mag wie ein Mensch und friert, dann kann man ihn nicht so einfach vor die Tür setzen. „Wenn du mir keinen Ärger machst", sagte Sven, „kannst du unter meinem Bett schlafen. Aber du mußt früh aufstehen, ich gehe nämlich in die Schule!"

„Schule", antwortete der Elch sichtlich interessiert, „da komme ich mit. Ich habe Probleme beim Rechnen. Das ist ein guter Gedanke, wir gehen zusammen in die Schule. Du kannst mir bestimmt helfen!"

Sven war viel zu verblüfft, um antworten zu können. Er machte also die Tür zu seinem Schlafzimmer auf, und der Elch trottete zufrieden hinein. Sven kroch schnell ins Bett und zog sich die Bettdecke bis weit über die Ohren. Den Elch wollte er jetzt nicht mehr sehen, auch wenn der friedlich vor sich hin brummelte.

Die Stimme der Mutter riß Sven aus dem Schlaf: „Sven, Sven, komm, Zeit zum Aufstehen! Die Schule wartet schon! Sag mal, hast du das ganze Brot aufgegessen und die Kartoffeln?" Doch ehe Sven antworten konnte, fuhr die Mutter fort: „Sven, wie oft habe ich dir gesagt, daß der Hund nicht bei dir schlafen soll. Simon gehört in den Hof, er soll doch auf das Haus und die Hühner aufpassen! Aber jetzt schnell raus aus den Federn!"

Sven bekam einen Schreck! Simon, der Hofhund, hier in seinem Zimmer? Mutter würde das Taschengeld

49

kürzen, so war es im Familienvertrag festgeschrieben. Simon hat die Hühner und die Kaninchen gegen Füchse, Iltisse und Marder zu verteidigen. Im Schlafzimmer hat er nichts zu suchen. Höchstens, wenn er krank ist, aber sonst nicht. Sven schaute schnell unter sein Bett, und er sah das Hinterteil von dem kleinen Elch. Sven atmete auf. Das Taschengeld war gerettet.

Sven rief leise aus seinem Bett nach unten: „Hallo, wir müssen aufstehen. Es ist Zeit in die Schule zu gehen, und du gehst zurück in den Wald, hörst du!"

Der Elch antwortete verschlafen: „Ja, ja, ich komme schon. Und was hat deine Mutter gesagt? Es gibt das tolle Brot zum Frühstück?"

„Sie hat nichts gesagt von wegen Brot zum Frühstück und so! Komm, wir müssen schnell gehen, bevor sie dich sieht!" Und Sven sprang aus dem Bett, um sich eiligst zu waschen und dann sofort aus dem Haus zu kommen. Der Elch grunzte wohlig und räkelte sich unter dem Bett. Sven wurde nervös: „Nun mach schon, oder willst du mir Ärger machen!"

Sven lief in die Küche. Die Mutter stand etwas ratlos vor dem Herd: „Sven, ich kann dir heute kein Frühstück machen. Wir haben kein Brot mehr und auch keine Marmelade. Ich weiß gar nicht, wieso. Nimm mein Kleingeld und kauf dir unterwegs ein Frühstück. Und vergiß nicht, frische Milch gehört dazu, mein Lieber. Aber nun los, ab in die Schule!"

Sven nahm schnell das Geld und lief in sein Zimmer. Der kleine Elch stand neben dem Bett und sah ganz traurig aus: „Ich weiß", sagte er leise, „deine Mutter ist

50

böse, weil ich das Brot gegessen habe. Aber es hat so gut geschmeckt!"

Sven griff nach seiner Schultasche und rief: „Nun komm schon, ich muß in die Schule, und vorher wollen wir doch noch was essen!" Und er schob den kleinen Elch leise zur vorderen Tür, damit die Mutter nichts merkte.

Draußen auf der Straße sagte Sven zu dem Elch: „Hör zu, ich gehe jetzt in die Schule, und du verschwindest jetzt bitte in den Wald!"

Der Elch schüttelte den Kopf, daß das Geweih wakkelte: „Nein, du kannst mich doch nicht so einfach abschieben! Einen Freund jagt man nicht weg. Ich will doch mit dir in die Schule gehen!"

Sven war jetzt ganz durcheinander: „Was meinst du denn, was mein Lehrer sagt, wenn wir zusammen in die Schule kommen? Der wirft dich doch sofort raus, und mich auch! Und was soll ich meinen Eltern sagen? Die sind jetzt schon sauer, weil das Brot fehlt und die Marmelade aufgegessen ist!"

Der kleine Elch sagte betrübt: „Wenn du willst, kann ich mit deinen Eltern reden."

Sven ärgerte sich: „Was meinst du denn, was die sagen? Einen Elch ins Haus zu lassen? Die halten mich doch glatt für verrückt! Komm, wir kaufen unser Frühstück!" Sven öffnete die Tür zu Onkel Bennis Gemischtwarenladen. „Zwei belegte Brote und zwei Glas Buttermilch", bestellte er forsch.

Onkel Benni antwortete: „Sven, du weißt doch, Tiere darfst du nicht in den Laden mitbringen!"

Sven ließ sich nicht einschüchtern: „Das ist kein Tier, das ist ein Elch, und er ist mein Freund. Und wir haben beide Hunger, weil wir zu Hause kein Brot mehr haben. Bezahlen können wir auch!" Sven legte das Geld, das er von seiner Mutter bekommen hatte, auf den Verkaufstisch.

„Na ja", sagte Onkel Benni, „es heißt da in der Vorschrift, Hunde haben keinen Zutritt zu Lebensmittelläden, aber ein Elch ist eben kein Hund!"

Und der kleine Elch nickte dazu eifrig mit seinem Kopf, so daß Sven Angst hatte, sein Freund könnte mit dem Geweih die Bonbongläser von der Anrichte fegen.

„Onkel Benni", sagte Sven, „wir gehen auch gleich wieder. Aber wir haben Hunger!"

„Ja, ja, ich mach' schon", sagte Onkel Benni und reichte Sven ein Butterbrot über den Tresen.

Sven steckte es dem Elch ins Maul, und der schluckte es genußvoll hinunter. Dann schüttete er ein Glas Buttermilch nach, und kein Tröpfchen fiel daneben. Sven trank schnell sein Glas aus, nahm sein Butterbrot in die eine Hand, das Wechselgeld in die andere und schob den Elch zur Tür hinaus. „Auf Wiedersehen", rief er noch Onkel Benni zu, ehe die Ladentür hinter ihm ins Schloß fiel.

„Du, Sven", sagte der kleine Elch, „ich habe noch Hunger. Gib mir doch bitte das Brot!"

„Ja, und ich?" fragte Sven erstaunt, „ich will doch auch frühstücken. Du hast doch schon dein Brot gehabt!"

„Ach, dann machen wir halt halbe-halbe", schlug der kleine Elch vor, „und wir haben beide etwas davon, nicht wahr?"

Sven verschlug es die Sprache, aber nur für einen ganz kleinen Augenblick. „Hör mal, du kommst zu mir, fragst nach Essen und Trinken, und für mich bleibt nichts, ist das denn richtig?"

Der kleine Elch schaute Sven mit seinen großen Kulleraugen an und fragte erstaunt: „Ja, warum denn nicht? Du bist doch mein Freund, oder?"

„Ja natürlich, ich bin dein Freund!" sagte Sven reichlich verwirrt, „aber du kannst mir doch deswegen nicht mein Frühstück wegessen!"

„Wieso denn nicht, bei echten Freunden macht das doch gar nichts!" erwiderte der kleine Elch und schaute dabei ganz unschuldig. Sven wußte nichts zu antworten, und so gingen sie schweigend nebeneinander her.

Sven und der kleine Elch schritten schnell über das alte Kopfsteinpflaster. Die Hufe des Elchs klapperten laut und übertönten das Klingeln der vielen Fahrräder und das Tuck-tuck eines alten Buckel-Volvos hinter ihnen. Sven sagte besorgt: „Paß auf! Den Autos ist nicht

zu trauen! Die werfen dich zu Boden und rasen einfach davon. Da kannst du gar nichts machen!"

Doch der kleine Elch antwortete unbesorgt: „Ach was! Was meinst du denn, was passiert, wenn ich so eins aufs Geweih nehme?"

„Oje, du bist ja ganz schön eingebildet!" rief Sven erbost.

„Na gut", meinte der Elch versöhnlich, „ich meinte eigentlich auch mehr die Fahrräder!"

Sven war wieder einmal sprachlos, und so trotteten beide stillschweigend nebeneinander her. Vorbei an Holzhäusern mit den hier in Wasaland so typischen Veranden, auf denen während des Sommers die Leute sitzen und Tee trinken und auf denen im Winter das Kaminholz aufgestapelt liegt.

Sven und der kleine Elch waren nun nicht mehr allein auf der Hauptstraße von Wasastadt. Andere Schulkinder liefen vor und hinter ihnen her. Die Schule war nicht mehr allzuweit.

„He, Sven!" riefen einige Jungen, „gehst du etwa mit dem Tier da in die Schule?"

Doch ehe Sven etwas sagen konnte, brummte der Elch böse: „Ich bin kein Tier, ich bin ein Elch!"

Das Schulhaus in Wasastadt unterscheidet sich kaum von den anderen Häusern. Es ist aus Holz und strahlt Geborgenheit und Wärme aus.

Sven versuchte es noch einmal im guten und sagte zu dem kleinen Elch: „Es ist bestimmt besser, wenn du in die Wälder zurückgehst! Deine Eltern werden dich sicher schon vermissen!"

Der kleine Elch schüttelte energisch den Kopf: „Nein, nein! Meine Eltern haben ja gerade gesagt, daß ich etwas lernen soll. Und im Rechnen bin ich wirklich schwach. Ich komme mit dir!"

Sven war am Verzweifeln! Er wußte nicht mehr, ob er weinen oder lachen sollte. Den kleinen Elch wurde er nicht los. Und deshalb entschloß er sich, ihn mit in die

Schule zu nehmen. Zur Not konnte er ja immer noch sagen: „Den Elch da, nein, den kenne ich nicht. Den sehe ich heute zum allerersten Mal!"

Alle Kinder schauten ganz erstaunt, als Sven mit dem kleinen Elch in die Klasse kam. Sven nickte freundlich nach rechts und nach links, wie er es sonst nie tat. Und der kleine Elch schnaubte dazu beifällig durch seine großen Nüstern. Sven setzte sich an sein hölzernes Schreibpult und legte die Hefte für die erste Stunde zurecht. Der kleine Elch schaute unschlüssig, die Holzbänke schienen ihm zu unbequem. Und so legte er sich in den Gang neben Svens Platz.

Die Tür ging auf, der Lehrer trat ein. Die Schüler erhoben sich und schrien laut im Chor: „Guten Morgen, Herr Lehrer!"

Es ist eigentlich wie immer, dachte Sven, jetzt wird er die Namensliste abfragen, um festzustellen, wer fehlt. Und so geschah es, wenn auch mit einem unerwarteten Ende.

Der kleine Elch stand nämlich auf und sagte vorwurfsvoll und ein wenig traurig: „Ich bin auch noch da! Sie haben mich ganz vergessen!"

Der Lehrer blickte verwirrt auf den Elch und fragte recht hilflos: „Ja, du meine Güte, wer bist du denn?"

Der kleine Elch antwortete treuherzig: „Wer ich bin? Ich bin doch der kleine Elch! Warum wissen Sie denn ausgerechnet meinen Namen nicht, von den anderen Schülern wissen Sie sie ja auch?"

Der Lehrer nahm seine Brille von der Nase und putzte sie mit einem großen Taschentuch. Sicher aus Verlegenheit, dachte Sven, das tut er immer, wenn er nicht weiterweiß.

Dann räusperte sich der Lehrer umständlich, putzte dabei immer noch die Brille und meinte: „So einfach ist das nicht, mein lieber, wie, ja, mein lieber Elch. Deine Eltern müssen dich für den Unterricht hier eintragen. Das kannst du nicht selber machen, das geht nicht! Aber heute bleib ruhig hier und hör zu!"

Und der Lehrer setzte sich die Brille wieder auf die Nase, steckte das Taschentuch ein und begann mit dem Unterricht. Er stellte allerlei Fragen. Als er Sven fragte: „Wenn du in deinem Garten fünf Äpfel und sieben Birnen pflückst, wie viele Äpfel hast du dann?", wußte Sven nicht gleich zu antworten, weil in seinem Garten gar keine Apfel- und Birnbäume wachsen.

Der kleine Elch hob sein Haupt und flüsterte Sven recht laut zu: „Fünf, Sven, fünf!"

Der Lehrer schaute mißbilligend, runzelte die Stirn und sagte: „Zwanzig Jahre unterrichte ich schon in Wasastadt, aber noch niemals hat jemand es gewagt, so laut vorzusagen. Das konnte man ja sogar draußen auf der Straße noch hören! Mach das bitte nicht wieder!"

Und der Elch schaute ganz verlegen und drückte den Kopf auf die Holzdielen.

Sven war sehr froh, als der Unterricht endlich zu Ende war und die Schüler nach Hause gehen konnten. Die anderen Kinder wollten aber noch nicht aus dem Klassenzimmer. Sie scharten sich um Sven und den kleinen Elch und fragten neugierig: „Sven, wo hast du denn diesen Elch gefunden? Im Wald draußen? Ist er ganz freiwillig mitgekommen? Und was sagen denn deine Eltern, wohnt er bei dir?"

Sven konnte gar nicht so schnell auf all die Fragen antworten, die ihm gestellt wurden. Und dem kleinen Elch war die ganze Fragerei sichtlich unangenehm. Das Komische war, daß keiner der Schulkameraden wissen wollte, wieso ein Elch überhaupt sprechen kann. Die hielten das wohl für ganz normal.

Als ein Junge fragte: „Was frißt denn dein Elch?", da wurde der kleine Elch böse und sagte: „Ich fresse nicht, ich esse!" Und er stupste Sven mit seiner weichen Schnauze an, zum Zeichen, daß er jetzt gehen wollte.

Aber die Kinder versperrten den Weg, lachten und schrien durch das Schulzimmer: „He, Sven, willst du auf dem Elch durch Wasastadt reiten? Oder wird er euer Hausdiener? Bringst du ihm das Kochen bei?"

Sven wurde es langsam ungemütlich. Er wußte, die anderen Kinder wollten nur ihren Schabernack mit ihm und dem Elch treiben, aber langsam ging ihm die Spöttelei zu weit. Besonders als ein Junge rief: „Ich möchte die beiden im Winter sehen, wenn sie auf dem Wasasee Schlittschuh laufen. Ein Elch auf Schlittschuhen, ha, ha, wie der wohl herumrutscht!"

Der kleine Elch wurde unruhig und schob sich mit Gewalt auf die Tür zu, und auch Sven drückte sich durch seine Schulkameraden. Sie schafften es, standen plötzlich auf dem Gang zum Tor.

Da hörten sie, wie ein Junge lachend hinter ihnen herrief: „Nein, ich glaube, der Sven wird den Elch mit Kastanien und Kartoffeln mästen und dann zum Julfest schlachten. Und wir sind alle zum Weihnachtsbraten eingeladen!"

Der kleine Elch sprang vor Entsetzen in die Höhe, als er hörte, daß er am Weihnachtsabend gegessen werden sollte. Tränen kullerten ihm plötzlich aus seinen pflaumengroßen Augen. „Willst du mich wirklich schlachten und zum Julfest essen?" brüllte er, „bringst du das wirklich fertig? Wo ich doch dein Freund bin und dir auch in der Schule vorgesagt habe!"

Sven zog den kleinen Elch mit sich fort auf die Hauptstraße von Wasastadt, ging mit ihm an den vielen kleinen Tante-Emma-Läden vorbei, und es störte ihn nicht, daß die Leute erstaunt hinter ihnen herschauten. Sven achtete nur auf die Tränen, die dem kleinen Elch unaufhaltsam aus den Augen rannen.

„Beruhige dich doch!" sagte Sven so sanft er konnte.

„Niemand will dich umbringen. Und ich schon gar nicht! Glaub mir doch!"

Doch der kleine Elch ließ sich nicht beruhigen. „Du hast mir Kartoffeln gegeben, so wie es der Junge gesagt hat. Du willst mich mästen und an Weihnachten zum Julfest schlachten!"

Sven umarmte und küßte den Elch mitten auf der Hauptstraße, streichelte ihn und fing schließlich selber an zu weinen.

Ein paar alte Leute gesellten sich zu Sven und dem Elch und fragten, warum sie weinten. Und immer mehr Menschen kamen zusammen, doch das ist in Wasastadt nicht so schlimm, weil es kaum Autoverkehr gibt. Und die wenigen alten Buckel-Volvos machten ohne zu hupen einen großen Bogen um die Menschengruppe.

„Leute, laßt doch das Kind mit seinem Elch endlich

nach Hause gehen!" rief ein Mann. „Seid nicht so neugierig!" In der Menschentraube bildete sich eine Gasse, und der weinende Sven ging mit dem weinenden kleinen Elch hindurch. Alle Menschen schauten mitleidig, wollten helfen, wußten aber nicht wie. In Wasaland hat man noch Zeit für die Probleme der anderen, auch für die der Kinder.

Als Sven und der kleine Elch wieder allein waren, sagte der Elch traurig: „Ich kann nicht mehr bei dir bleiben! Denn wenn man erst einmal Angst hat, dann wird man nicht mehr froh. Die Angst bleibt. Aber du warst lieb zu mir wie ein Bruder. Leb wohl!" Und ehe sich Sven versah, trabte der kleine Elch geschwind die Straße hinab und durch das alte Stadttor von Wasastadt hinaus auf den Wald zu.

Sven konnte sich vor Schreck und Trauer nicht rühren. Schließlich gab er sich einen Ruck, rannte so schnell er konnte nach Hause, lief in sein Zimmer und warf sich auf sein Bett. Er weinte hemmungslos.

„Sven, Sven, steh doch endlich auf! Du mußt in die Schule! Schnell, bist du etwa wieder eingeschlafen? Ich habe dich doch vorhin schon einmal geweckt!"

Sven war plötzlich hellwach. Dann hatte er die Geschichte mit dem Elch wohl doch nur geträumt? Gott sei Dank, dachte er, dann war alles nur ein Traum. Sonst hätte er gleich wieder weinen müssen.

„Ja, ich komme schon!" rief Sven lustig. „Ist das Frühstück fertig? Ich habe einen riesigen Kohldampf!"

Die Mutter meinte: „Komisch, gestern abend war doch noch soviel Brot da und jetzt finde ich überhaupt keinen Krumen. Hier, nimm mein Kleingeld. Kaufe dir unterwegs dein Frühstück und vergiß nicht, frische Milch gehört dazu!"

Sven fuhr es heiß durch alle seine Adern: War der Tag mit seinem Freund, dem kleinen Elch, nun doch kein Traum gewesen?

Schlachtfest ohne Moritz

Kleine dicke Nebelschwaden lagen wie vom Himmel geplumpste Wölkchen satt und zufrieden über dem Wasser. Faul kuschelten sie sich aneinander, rollten sich behäbig auf die Seite und ließen sich dann, nach dieser gewaltigen Anstrengung, gemütlich von den plätschernden Wellen schaukeln.

Es war Herbst. Selbst der Wind hatte, da es schon ziemlich spät war, keine Lust mehr, mit den Blättern Fangen zu spielen, übermütig im Kamin zu rumoren oder den Buben beim Pinkeln den zitternden Wasserstrahl frech zu verbiegen. Die Puste war ihm für heute ausgegangen. Nur manchmal atmete er im Schlaf tief durch, daß sich das Wasser wie eine Gänsehaut kräuselte.

Björn wickelte sich fester in seinen Parka. Er war hellwach. Mit klammen Fingern ruderte er den alten Kahn über den See.

Wenn ihn bloß keiner sah.

Und wenn er sich bloß Handschuhe angezogen hätte.

Außerdem hingen seine ungewaschenen Zehen schon wie krumme Eiszapfen an den Füßen. Natürlich, an warme Socken hatte er auch nicht gedacht. Und jetzt meuterten seine zehn schwarzen Anhängsel und versuchten, das in die Gummistiefel geschwappte eiskalte Wasser warm zu planschen.

Ächzend ließ Björn die Ruder los. Er steckte sich alle zehn Finger gleichzeitig in den Mund und blies. Blies mit voller Kraft.

Wenn er jetzt ein Segel setzen könnte, dachte er, dann ging's leichter. Ging aber nicht. Scheibenkleister. Wild entschlossen stampfte Björn auf die abgewetzten Planken des Kahns. Es dröhnte nur dumpf, aber wärmer wurde ihm nicht.

Nur sein Passagier hinten im Boot grunzte verlegen.

„Alles wegen dir", rief Björn vorwurfsvoll. „Warum, zum Kuckuck, hast du dir nur so einen dicken Wanst angefressen?"

Björns Fahrgast grunzte noch mal etwas beschämt und stupste an Björns Knie.

„Und hör auf zu wackeln, Mensch. Du sprengst ja noch den Kahn mit deiner Zappelei. Wie schwer bist du eigentlich? Vier Zentner?"

Na also, es herrschte wieder Ruhe. Nur ein paar neugierig gewordene Fische hüpften aus dem Wasser.

„Du da oben brauchst auch nicht so dämlich zu gukken", knurrte Björn zwischen zwei Ruderschlägen, die ihn Zentimeter für Zentimeter näher ans jenseitige Ufer brachten.

Aber seine gute Laune war wieder da. „Schau, Moritz", pflaumte er fröhlich seinen Passagier an, „der Mond muß fast noch mehr schuften, um seine kugelrunde Wampe zu bewegen. Nur ich muß *deine* Speckrollen bewegen und nicht meine eigenen. Sag mal, siehst du den Mond überhaupt noch? Oder sind dir deine Knopfaugen schon ganz zugewachsen?"

Moritz sagte gar nichts. Moritz war beleidigt.

Moritz saß eingeklemmt hinten im Kahn.

Moritz äugte mißtrauisch ins Wasser, das mit seinen dicken Hüftpölsterchen spielte, die prall über den Bootsrand hingen.

Moritz saß da wie ein Korken auf der Flasche.

Moritz war der Mond zur Zeit ziemlich wurscht.

Moritz war heilfroh, wenn er mit diesem Kahn nicht absoff.

Mühsam hangelte sich der Mond am Himmel höher und höher. Gespannt sah Björn zu, wie er hinter dem sanft rauschenden Wald schwerfällig von Ast zu Ast turnte. Ob er es heute schaffen würde, sich über die Wipfel zu schwingen? Oder ob ihm wieder mal, wie im Sommer, die Puste ausging?

Björn bezweifelte es.

Aber dann schaffte der Mond es doch noch. Keuchend, aber triumphierend hing er breit, dick, hell und – wie es schien – ziemlich verblüfft direkt über dem höchsten Baum, der ihn mit seiner Spitze beinahe am Po kitzelte.

Irgendwie, fand Björn, hatte der Mond eine enorme Ähnlichkeit mit Moritz: kugelrund, immer freundlich und nett, einfach saugemütlich. Björn winkte ihm zu.

65

9 4932-12

Endlich war es geschafft. Björn hatte das Gefühl, einen ganzen Ozean überquert zu haben. Als der Kahn bei der verlassenen Bootshütte knirschend auf Grund lief, hatte Björn dicke Blasen an den Händen.

Erleichtert sprang er ans Ufer. Der schwerste Teil der Arbeit war getan. Oder etwa doch nicht? „Na komm, Dickerchen", lockte er.

Moritz blinzelte ihn nur verzweifelt an. Wie sollte er denn aus diesem komischen Schiff jemals herauskommen? Der vordere Teil des Kahns ragte spitz und hoch in die Luft, hinten sah man vom Boot gar nichts mehr. Moritz drückte es mit seinem Gewicht tief in den Schlamm. Von Moritz selbst sah man auch nicht mehr viel. Festgeklemmt war er, und das Wasser stand ihm bis zum Hals.

„Warte, warte ein bißchen", flüsterte Björn, „gleich hol' ich dich raus." Er blickte sich um. Gespenstisch war's hier bei der einsamen alten Hütte im Schilf, zwischen den Schatten des Waldes und dichtem Gebüsch. Jetzt hätte er beinahe alles dafür gegeben, drüben zu sein, am anderen Ufer, bei den paar funkelnden Lichtern, am Ofen in der Küche. Ja, er hätte sogar freiwillig beim Backen geholfen oder Grammatik gelernt.

Doch es half nichts. Hier war er, und Moritz ging vor. „In der Hütte ist ein Seil", Björn wisperte nur noch, „ich hol es her und zieh dich raus." Das trockene Schilf knisterte, nein, es krachte unter seinen Schritten. Seltsam, da lag noch ein Boot am Ufer.

Und dann zerriß ein gellender Schrei die Stille, und jagte ihm die Gänsehaut vom zerzausten Scheitel bis zur eiskalten Fußsohle. Björn duckte sich. Hinter dem winzigen Fenster der Hütte sah er einen bleichen Geist im Mondschein.

Der Geist rief: „Da sitzt ein Geist im Wasser. Der sieht aus wie ein Schwein." Dann tauchte neben dem Geistergesicht noch ein Geist auf. Der Geist sah aus wie Björns großer Bruder. Björn guckte noch mal hin. Es war sein Bruder. Und das Gespenst neben ihm war auch kein Gespenst, sondern Ulla, die Tochter von Pastor Sjöberg.

Sein Bruder grinste bis über die großen, seltsam roten Ohren. „Ich glaube", sagte er laut und deutlich, „wir verziehen uns lieber." Ein paar Sekunden später hüpfte Ulla wie von einem Schwarm Mücken gestochen zum anderen Boot und kauerte sich hinein. Björns Bruder ging auf Moritz zu. Langsam, tapfer, ganz Beschützer. Neben Björn blieb er stehen. „Übrigens, du alter Schlawiner", quetschte er kaum hörbar zwischen den Zähnen hervor, „die Bude ist geheizt. Sorg dafür, daß Moritz keinen Schnupfen kriegt. Und dann scher dich gefälligst nach Hause, ich kümmere mich schon um deinen Freund." Wie zwei alte Verschwörer grinsten sie sich an. „Bei Ulla hab' ich jetzt einen Stein im Brett. Die denkt jetzt, ich würde zehn Teufeln die Nase abbeißen können. Dabei hab' ich mir beinahe selbst ein Ei in die Hose gelegt, als ich Moritz sah." Er schüttelte sich vor Lachen. Und Björn wußte, er hatte was Tolles angerichtet.

Björns Bruder beeilte sich. Schnell waren die beiden außer Sichtweite. Aber Moritz saß noch immer fest.

68

Langsam wurde er ungeduldig. Er grunzte barsch, nieste kräftig, dann splitterte Holz, und dann kam er auf allen vieren ziemlich staksig aus dem See angeschwabbelt. Moritz schüttelte sich, schmiß sich erleichtert schniefend in den Dreck und wälzte sich vor Freude quiekend im Kreis um Björn herum. Björn sah ihm nur zu. Er sagte nichts. Was sollte er auch sagen. Moritz war nun mal ein Schwein. Ein echtes Schwein. Und Schweine tun das gern.

Es war lange nach Mitternacht, als Björn sich an den Bauernhöfen und Häusern der kleinen Stadt wieder zurück nach Hause schlich. Vorsichtig wie Tomte Tummetott kletterte er auf seinem Geheimweg über Scheune, Speicher und Kamin ins Haus. Völlig erschlagen fiel er ins Bett und schlief auf der Stelle ein.

Er träumte von glücklichen Schweinen und von fetten Ullas, die ihn, Björn, den Retter aller schiffbrüchigen Moritze, mitten auf die Schnauze küssen wollten. Er merkte nicht einmal mehr, wie ihn seine Eltern lächelnd zudeckten. Er hörte nicht mehr, wie ihm seine Mutter liebevoll ins Ohr flüsterte: „Papa hat den Metzger für Moritz schon heute abend abbestellt", und wie sich sein Vater wunderte: „Wie hat dieser Schlingel *meinen* Geheimgang rausgekriegt?"

Er fühlte nicht mehr die weiche Hand seiner Oma zärtlich über seine verschwitzten Haare streichen. Sie raunte: „Schlimmer als damals sein Vater."

„Jaja, ist schon gut", räusperte sich Vater verlegen, „du

70

wirst dich unterstehen und das Björn erzählen."

„Keine Bange", feixte der Opa gemütlich, „es reicht,
wenn deine Frau endlich weiß, wer früher allen Metz-
gern die Fensterscheiben eingeschmissen hat."

Verständnisvoll lächelte sich die Familie an. Björn
schlief fest. Nur sein Bruder maulte. „Und Ulla. Was ist
mit Ulla? Die krieg' ich jetzt nie wieder vom Hals."

Beruhigend klopfte ihm der Opa auf die Schultern.
„Auch dafür", flüsterte er ihm ins Ohr, „hat dein Vater
ein paar tolle Tips." Der wurde daraufhin ganz rot und
nahm schnell die Mutter fest in die Arme.

Gerade als ihn wieder eine Ulla auf die Schnauze küssen wollte, erwachte Björn wie vom Bären gebissen.
Zum Glück war es nur Goofy, der Hund, der ihn mit seiner langen Zunge abschlabberte.

Und sein Vater stand da. Breitbeinig. Na Mahlzeit.
„Schlachtfest fällt aus", knurrte er, „Moritz ist weg."

Schuldbewußt kroch Björn immer tiefer in die Federn. Schräg von unten schielte er seinen Vater an. Irgendwas funkelte da ganz verräterisch in den Augen-
winkeln. Gutes Zeichen oder schlechtes Zeichen? Björn
entschied sich wie immer für gutes Zeichen. „So ein
Pech", murmelte er. „Ich hab' mich schon so auf
Schweinebraten gefreut!"

„Kann ich mir lebhaft denken ..." Es klang, als hätte
sein Vater einen dicken Kloß im Hals, „aber daraus wird
nichts. Heute gibt's bloß Knäcke und Käse. Dafür ist
morgen Hans, die Gans, dran. Wo du doch soooo auf
Braten stehst!"

O Mann, dachte Björn. Noch so eine Nacht, das hält

ja kein Schwein aus. Ob sich Moritz und Hans gut vertragen würden in der alten Bootshütte?

Björns Vater drehte sich um. Er konnte sich das Lachen nicht länger verkneifen. Und dann sagte er noch etwas. Etwas ganz Komisches. Björn traute seinen Ohren nicht. Hatte er richtig gehört? Er hatte. Sein Vater hatte wirklich gesagt: „Übrigens, morgen abend treffen wir uns mit allen Freunden am See zu einem kleinen Fest. Wir wollen nämlich zusehen, wie ein kleiner Junge, eine Gans und ein Schwein gemeinsam im Mondlicht über den See rudern."

Björn blinzelte seinen Vater an. Der blinzelte zurück. Sie hatten sich verstanden. Das Schlachtfest mit Moritz fiel in diesem Jahr aus.

Und im nächsten Jahr? Björn würde schon etwas einfallen. Da war sich sein Vater ganz sicher.

Der Wind
weht manchmal anders

Ylwa stürmte aus dem Haus in Richtung Scheune. Was würde es heute für ein lustiger Nachmittag werden. Keine Pflichten, wirklich gar keine! In der Schule war der Mathelehrer Oskarsson krank, und so hatten sie in der letzten Stunde die Hausaufgaben erledigen dürfen. Und wer fertig war, sollte ein Bild malen, das zur Jahreszeit paßte.

Ylwa hatte die Hausaufgaben und das Bild geschafft. Sie hatte nicht lange überlegen müssen. Sie hatte einfach gemalt, woran sich die Kinder zur Zeit in jeder freien Minute versuchten: Drachen steigen lassen. Das ganze Bild war voller bunter Drachen gewesen. Und die Drachen standen weit oben am Himmel mit wehenden bunten Schwänzen.

Zu Hause hatte Mama sie und Michel mit einem herrlich duftenden Essen schon erwartet. Mama gab sich immer Mühe, ihren Kindern eine Freude zu bereiten. Nie kochte sie etwas, das die beiden nicht mochten. Papa schimpfte deshalb manchmal mit ihr: „Du sollst

73

doch die Kinder nicht so verwöhnen." Aber er lächelte dabei, und alle wußten, daß es nicht ernst gemeint war.

Und nun war Ylwa mit dem Essen fertig und freute sich auf den Nachmittag. Michel schwitzte drinnen noch über den Hausaufgaben. Er war zwei Jahre älter als Ylwa und hatte schon recht viel für die Schule zu tun. Und Lehrer war auch keiner krank bei ihm. Michel war ganz schön sauer.

„Bis dann!" hatte Ylwa ihm einfach zugerufen, ehe sie die Tür zuschlug. Man mußte nicht erst einen Treffpunkt vereinbaren. Der war sonnenklar. Ylwa lief auf den Hügel zwischen den Feldern, da wo der Wind am schönsten wehte.

Plötzlich stutzte Ylwa. Da lag doch was. Irgendwas, das nicht dorthin gehörte. Ylwa kannte sich nämlich aus. Sie war so oft draußen, daß ihr jede Veränderung sofort auffiel, auch die kleinste. Aber das da war gar keine kleine Veränderung, das da sprang ja richtig ins Auge!

Es war blau, richtig knallblau, und es paßte überhaupt nicht hierher, zu Gras, Laub und Gebüsch. Ylwa überlegte kurz, ob es etwas Gefährliches sein könnte, aber dann siegte doch die Neugierde. Mit wenigen Schritten war sie bei dem seltsamen blauen Ding, und jetzt erkannte sie, was es war: ein Luftballon!

Ab und zu wurde er vom Wind sanft hin und her geschaukelt, aber er blieb doch immer an derselben Stelle. Irgendwie sah es so aus, als sei er völlig entkräftet zu Boden gegangen und schmiege sich nun schutzsuchend an das kleine Bäumchen. Ylwa kniete sich nieder, und da

bemerkte sie die Schnur mit der Karte dran. Die Schnur hatte sich so arg im Bäumchen verwickelt, daß Ylwa Mühe hatte, sie zu lösen.

Endlich hatte sie es geschafft. Nun konnte sie auch die Karte näher betrachten. Na so was! Es war ja kein Wort zu lesen. Eine fremde Sprache! Aber die Schrift sah aus wie die von einem Kind.

Ylwa rannte sofort los. Diesen Fund mußte sie den anderen zeigen.

Es waren schon ein paar Kinder da. Als sie Ylwa mit dem blauen Etwas näherkommen sahen, legten sie ihre Drachen ab und schauten erwartungsvoll in ihre Richtung.

„Was für einen Schatz hast du denn da?" empfing sie der lange Fritjof, der immer ein wenig herumflachsen mußte. Ganz so unrecht hatte er nicht.

Ylwa trug den blauen Luftballon wirklich wie ein kostbares Gut in ihrem Arm. Sie wollte ihn auf gar keinen Fall verlieren. Schnell umringten sie die anderen Kinder. „Wo der nur herkommen mag?" rätselten alle.

Nur einmal in den letzten Jahren hatte eine Gruppe von ihnen einen solchen Luftballon gefunden. Aber der war aus dem Nachbarstädtchen gekommen. Und nun eine Karte aus dem Ausland? Es war richtig aufregend.

„Ich werde Mama fragen oder Murmur", rief Ylwa und war schon wieder unterwegs. Die anderen Kinder rannten hinterher. Heute war etwas los! Das Leben hier gefiel zwar allen gut, aber für eine Abwechslung war man stets dankbar.

Im alten Holzhaus der Sundins saß Michel immer

noch über seinen Aufgaben, Mama bügelte Wäsche, und Murmur blätterte in der Tageszeitung. Alle drei blickten erstaunt auf, als die aufgeregte Schar hereinstürmte. Und dann war das Rätsel ganz schnell gelöst.

Murmur warf nur einen kurzen Blick auf die Karte. „Die kommt aus Deutschland", sagte sie, als ob es das Selbstverständlichste von der Welt wäre.

„Aus Deutschland?" wiederholten alle verständnislos.

„Dann müßte der Luftballon ja übers Meer geflogen sein", wunderte sich Mama.

„Der Wind müßte ganz merkwürdig geweht haben", meinte Michel, der sich sehr für Erd- und Wetterkunde interessierte.

„Der Wind weht eben manchmal anders", stellte Murmur fest und schlug dann vor, zu ihrer Freundin Frida Quist zu gehen. Die konnte nämlich Deutsch.

„Au ja!" schrie der kleine Bengt und strahlte voller Stolz. Frida Quist war ja seine Großmutter, und er fühlte sich nun sehr wichtig.

Im Nu waren alle unterwegs. Michel ließ seine Aufgaben liegen, und sogar Mama schaltete ihr Bügeleisen ab, um mitzukommen. Wenige Minuten später standen sie bei Frida in der gemütlichen Wohnküche.

„Setzt euch doch!" meinte die, und obwohl alle nur einfach wissen wollten, was auf der Karte stand, wagte keiner zu widersprechen. Denn Frida war bekannt für ihre Gastfreundschaft und – Hartnäckigkeit. Es hätte überhaupt keinen Sinn gehabt, stehenzubleiben und auf Eile zu drängen.

Nur mit Mühe fanden sie alle Platz um den alten

Holztisch. Die Kleinen, wie Bengt und Tove wurden einfach auf den Schoß genommen, und dann endlich waren alle Augen auf Frida gerichtet.

Die holte erst noch umständlich ihre Lesebrille aus der Schublade und las dann langsam die Übersetzung vor:

Lieber Finder! Ich heiße Andreas Baumann, bin 13 Jahre alt und wohne in Seestadt, Große Horst 22. Dies ist ein Wettbewerb. Schreib mir bitte! Dein Andreas.

Jetzt war natürlich etwas los. Alle schrien wild durcheinander.

„Siehst du, ein Kind!" triumphierte Fritjof, obwohl keiner etwas anderes behauptet hatte.

„Ylwa ist die Finderin. Sie muß schreiben", rief Lena.

„Wir sollten Seestadt auf der Karte suchen", schlug Michel vor. In Windeseile lag Frida Quists alter Atlas aufgeschlagen auf dem Tisch, und alle steckten die Köpfe zusammen.

„Da ist es, da ist Seestadt!" Peer hatte es entdeckt.

„Ein Wunder, es ist ein Wunder." Michel konnte es immer noch nicht fassen. „Sicher, Seestadt liegt direkt am Meer. Aber schaut doch mal, wie weit der Ballon hat fliegen müssen. Übers Meer und dann noch bis zu uns. Ein Wunder!" Das war nun wirklich etwas für Michel.

Nachdem sich alle einigermaßen beruhigt hatten, versprach Ylwa, noch am selben Tag zu schreiben.

Frida Quist bot sich an, auch ihren Brief zu übersetzen. „Das macht mir großen Spaß", strahlte sie.

Schon drängten die ersten zum Aufbruch, da fragte plötzlich Fritjof in das ganze Durcheinander hinein:

„Warum kannst du eigentlich so gut Deutsch?"

„Ja Frida, warum kannst du das so gut?" fragten nun mehrere gleichzeitig.

„Das ist eine lange Geschichte, Kinder", erwiderte Frida. „Ich glaube nicht, daß euch die interessiert. Ihr wollt doch sicher wieder raus zum Spielen." Damit hatte sie recht, aber Geschichten erzählt bekommen war auch etwas Herrliches.

Und so ließen die Kinder nicht locker, bis Frida begann: Daß sie in Deutschland geboren, also eigentlich eine Deutsche sei. Daß sie im Alter von elf Jahren zusammen mit ihren Eltern Deutschland verlassen habe, weil die Eltern wegen der Diktatur unter den Nationalsozialisten nicht mehr dort leben wollten. Daß sie mehr oder weniger durch Zufall in Wasaland geblieben seien. Daß sie sich sehr schnell wohl gefühlt habe und mit ihren Eltern hier heimisch geworden sei. „Meine Eltern sind lange tot", schloß Frida ihre Erzählung. „Und ich selber fühle mich als echte Wasaländerin. Bin ja auch schon 55 Jahre hier. Aber meine Muttersprache habe ich nie verlernt."

Die Kinder schauten betreten. Mit elf Jahren weg von daheim? So alt waren jetzt Ylwa, Lena und Dagny. Eine schreckliche Vorstellung, von zu Hause für immer wegzugehen. Von all dem Vertrauten. Aber Frida wirkte gar nicht unglücklich.

„Hat dir das nichts ausgemacht?" fragte schließlich Ylwa.

„Doch, ich war sehr unglücklich in der ersten Zeit. Ich habe entsetzlich Sehnsucht nach meinen Freunden und nach meiner Heimat gehabt", antwortete Frida. „Aber das hatte ich bald überwunden, weil hier alle sehr nett zu uns waren. Ich glaube, das ist das Wichtigste, wenn man irgendwo fremd ist. Daß die Menschen einen mit offenen Armen aufnehmen. Dann findet man auch eine zweite Heimat." Frida lächelte versonnen.

Nun aber hielt nichts mehr die Kinderschar. Die einen rannten zurück zum Drachenhügel. Michel machte sich murrend auf den Nachhauseweg. Und Ylwa wußte nicht so recht, was sie zuerst tun sollte. Drachen steigen lassen wie die anderen oder gleich den Brief an Andreas Baumann beginnen. Ach was, der Drachen konnte noch ein Weilchen warten, zum Schreiben hatte sie Lust, gleich jetzt. Sie rannte hinter Michel her. Kaum waren sie drinnen im Haus, da holte Ylwa schon Füller und Papier aus ihrer Schultasche und begann: „Hej! Hur mar du?" So ging ein Brief los, das wußte sie.

Der Rest war schwieriger. Fast eine Stunde brauchte sie, bis sie fertig war. Und nun nichts wie zurück zu Frida Quist.

„Da hast du aber ein nettes Brieflein verfaßt", lobten Frida, Murmur und Mama sie. Die drei saßen noch immer um den Tisch und redeten. Frida holte wieder ihre Brille und schrieb dann in ihrer altmodischen Schrift die Übersetzung auf:

Hallo Andreas!

Wie geht's Dir? Ich habe heute Deinen Luftballon gefunden, ganz nah bei unserem Haus. Toll, wie weit er geflogen ist! Ich habe mich sehr gefreut.

Ich bin elf Jahre alt und habe einen Bruder. Der ist 13, so wie Du. Wir Kinder hier versuchen zur Zeit, unsere Drachen steigen zu lassen. Es klappt zwar nicht besonders gut, aber es macht riesigen Spaß.

Was machst Du so?

Die Oma von meinem Freund Bengt kann übrigens Deutsch. Sie übersetzt für mich. Ist das nicht wunderbar?

Schreibst Du mir, ob Du einen Preis gewonnen hast?

Deine Ylwa

Zu Hause schrieb Ylwa die fremden Wörter in ihrer allerschönsten Schrift ab. Am Schluß malte sie einen bunten Drachen aufs Papier. Und dann noch einen blauen Luftballon.

In den nächsten Tagen fieberten Ylwa und die anderen Kinder einem Antwortbrief des fremden deutschen Jungen entgegen. Nur Ylwa kamen immer wieder Zweifel. Vielleicht würde es gar keinen Antwortbrief geben.

Vielleicht würde Andreas Baumann keine Lust haben, einem elfjährigen Kind in Wasaland zu schreiben. Vielleicht gewann er den Wettbewerb, und das genügte ihm. Wenn Ylwa an diese Möglichkeit dachte, wurde sie richtig traurig.

Doch dann, knappe zwei Wochen, nachdem sie ihren Brief losgeschickt hatte, war es soweit. Als Ylwa von der Schule heimkam, stand Mama schon in der Tür und schwenkte lachend ein graues Kuvert. Ein Brief mit deutscher Briefmarke, adressiert an Ylwa Sundin, Absender: Andreas Baumann.

Nun war Ylwa nicht mehr zu halten. Hoffentlich war Frida Quist zu Hause. Noch im Laufen riß Ylwa den Umschlag auf. Den anderen Kindern würde sie den Brief schon noch zeigen. Sie mußte jetzt sofort wissen, was der fremde Junge ihr geschrieben hatte. Sie war ja so aufgeregt. Sie konnte nicht warten. Aber wenn Frida nun gerade ausgegangen war? Nicht auszudenken. Doch da, da saß sie ja auf der Veranda und nutzte die letzten warmen Sonnenstrahlen.

Ylwa sah sie schon von weitem und schwenkte wie wild den Brief. Frida mußte sofort verstanden haben,

denn sie stand auf, winkte ihr zu und ging nach drinnen. Als Ylwa heftig atmend ankam, trat Frida schon
wieder aus der Haustür, die Lesebrille auf der Nase. Natürlich mußte Ylwa sich erst setzen, dann endlich begann Frida:

Hallo Ylwa!

*Daß mein Ballon bei Dir gelandet ist, finde ich echt
stark. Auch daß Du mir gleich geschrieben hast. Nun
habe ich doch noch Glück gehabt. Ich habe tatsächlich
den ersten Preis beim Wettbewerb gewonnen. Alle anderen Ballons sind in östliche Richtung getrieben wor-
den und nicht sehr weit gekommen. Und meiner bis ins
Wasaland!*

*Die hier dachten echt, ich will schummeln. Aber
dann mußten sie es doch glauben. Ich hatte ja auch eine
Erklärung. An dem Nachmittag, an dem die anderen
ihre Ballons steigen ließen, hatte ich nämlich Arrest.
Sie haben mich beim Rauchen auf dem Klo erwischt,
und dafür mußte ich „sitzen".*

*Einer meiner Freunde im Internat hat mir einen
Ballon aufgehoben. Ich wollte erst gar nicht mehr mitmachen, aber dann hab' ich die Karte halt doch ausge-
füllt und das Ding steigen lassen. Und da hat der Wind
wohl inzwischen ganz anders geweht. Wozu das Rauchen doch alles gut ist (haha)!*

*Ach ja, der erste Preis war ein Walkman. Paßte
ganz gut, weil mein alter gerade den Geist aufgegeben
hatte.*

*Und Ihr laßt Drachen steigen! Macht bei uns kaum
einer mehr. Trotzdem: danke für das Gemälde!*

84

Super, daß Du eine Übersetzerin im Ort hast.
Für heute tschüs
Dein Andy
PS 1: Weißt Du, daß ich vom Wasaland nicht viel
kenne, nur altmodische Autos, Holzmöbel und Knäk-
kebrot. Erzählst Du mir mehr davon?
PS 2: Ylwa ist ein komischer Name.
PS 3: Du wunderst Dich vielleicht, warum ich im
Internat bin. Meine Eltern meinten, es sei besser für
mich.
PS 4: Bin total fertig. In meinem ganzen Leben habe
ich noch nie einen sooo langen Brief geschrieben.

Frida hatte an manchen Stellen des Briefes gezögert, und nun schüttelte sie fast unwillig den Kopf. „Was die jungen Leute heutzutage für ein schreckliches Deutsch sprechen! So haben wir früher nicht geredet. – Na ja, ist ja auch viel Zeit vergangen seit damals", meinte sie dann versöhnlicher.

Ylwa aber blickte fasziniert auf den Brief. Er hatte sie tief beeindruckt. „Schreibst du mir die Übersetzung auf?" bettelte sie. Sie mußte sich das alles noch mal in Ruhe durchlesen.

Mama, Papa, Murmur und Michel und auch all den anderen, denen sie den Brief am Nachmittag vorlas, erging es wie Ylwa. Sie waren merkwürdig berührt von dem Inhalt des Briefes. Alles schien so fremd, wovon der Junge berichtete. Ein Dreizehnjähriger, der nicht bei Eltern oder Großeltern lebte, der rauchte und womöglich noch andere Dummheiten beging.

Sicher, auch die Kinder in Wasaland hatten Unsinn im Kopf, aber doch nicht solchen, daß die Eltern sie gleich weggaben. Irgend jemand meinte sogar, Ylwa solle dem Jungen auf keinen Fall mehr schreiben, weil er womöglich zu verdorben sei. Aber Ylwa hörte nicht drauf. Sie fieberte dem Abend entgegen. Sie wollte noch heute antworten. Sie mochte Andy. Sie wollte mehr von ihm wissen. Und sie wollte ihm erzählen. Von sich und ihren Freunden und ihrem Leben hier in Wasaland.

Als sie endlich Ruhe hatte, überlegte sie nur kurz und begann dann zu schreiben:

Hallo Andy!
Du kannst Dir nicht vorstellen, wie sehr ich mich über Deinen Brief gefreut habe.

Aber Du mußt mir manches erklären. Bei uns ist alles so anders.

Was bitte ist ein Walkman? So etwas kennen wir nicht. Und warum rauchst Du, obwohl Du erst 13 bist? Findest Du das gut?

Was ein Internat ist, wußte ich auch nicht. Aber Mama hat's mir erklärt. Verzeih, wenn ich also auch

86

das noch frage: warum bist Du im Internat und nicht bei Deinen Eltern? Warum meinten sie, es sei besser für Dich? Warst Du so böse? Kann ich mir gar nicht vorstellen. Dein Brief klingt nett.

So, und nun zu mir: „Ylwa" ist gar nicht komisch. Es bedeutet „Elfe", und ich mag meinen Namen sehr gerne.

In Wasaland gibt es natürlich nicht nur altmodische Autos, Holzmöbel und Knäckebrot. Obwohl Du nicht ganz falsch liegst. Autos sind bei uns nicht wichtig. Wir gehen zu Fuß oder fahren mit dem Fahrrad. Das macht viel mehr Spaß! Aus Holz ist bei uns fast alles, auch die Häuser selbst.

Und weil wir nicht nur viel Wald, sondern auch viel Korn haben, gibt es eben auch viel Knäckebrot. Das hält schön lange und schmeckt gut. Viele machen es selbst, aber man kann es natürlich auch kaufen.

Jetzt will ich Dir noch ein bißchen mehr von mir erzählen. In unserem kleinen Haus leben Papa, Mama, Murmur (das heißt Oma), mein Bruder Michel und ich. Wir verstehen uns alle recht gut. Nur Michel geht mir manchmal auf die Nerven. (Und ich ihm!) Murmur erzählt oft stundenlang von früher. Das mag ich sehr. Ich interessiere mich nämlich für Geschichte. Michel ist mehr für Erdkunde. Was sind Deine Lieblingsfächer?

Jetzt werde ich müde. Schreib mir bald wieder!

Deine Ylwa

Und Frida Quist bekam neue Arbeit. Mit Freude machte sie sich an Ylwas Brief.

Und schon neun Tage später gab es wieder etwas zu tun. Andys Antwort war da:

Hallo Ylwa!

Ich wußte gar nicht, daß es Elfen wirklich gibt. Schön, eine zu kennen! Apropos Namen: weißt Du, daß ich einen neuen Namen bekommen habe? Alle hier im Internat nennen mich nur noch „Knäcke", seit sie wissen, daß ich eine schwedische Brieffreundin habe. Ist mir aber egal.

Auf unserem Stock war letzte Woche eine Geburtstagsfete. Wurde zum Besäufnis. So was kommt hier ab und zu vor. Wie ich rauchen viele in meinem Alter.

Meine Eltern denken, daß ich im Internat gut aufgehoben bin. Für sie war wichtig, daß ich besser in der Schule werde. Aber ich bin faul. Die Schule ödet mich an. Darum hab' ich auch keine Lieblingsfächer.

Was Du von Deiner Familie erzählst, klingt zu schön, um wahr zu sein. Deine Murmur (lustig!) hat wohl viel Zeit für Euch. Meine Oma ist im Altersheim, ich sehe sie kaum. Geschwister habe ich keine.

Sonst noch was? Ach ja, was ein Walkman ist, fragst Du. So eine Art kleiner Kassettenrekorder mit Kopfhörern! Jetzt brauchst Du bloß noch zu sagen, Du kennst auch keinen Kassettenrekorder.

Bis bald!?!

Dein Andy

PS 1: Was Du alles von mir erfährst! Hätte ich selber nicht gedacht, daß ich das kann. Jemandem, den ich gar nicht kenne, so viel erzählen.

PS 2: Stimmt gar nicht. Das mit dem Nichtkennen.

Wir kennen uns ja jetzt schon ein bißchen.
PS 3: Wieder so ein langer Brief! Gute Nacht!
Wie gut, daß es Frida gab. Wie gut auch, daß Frida verschwiegen war. Denn je mehr Ylwa von Andy erfuhr, um so mehr davon wollte sie für sich behalten. Gut, die anderen Kinder durften schon wissen, daß Andy und sie sich weiter Briefe schrieben und worum es in diesen Briefen ging. Aber sie mußten nicht alles erfahren. Andy war *ihr* Brieffreund. Die anderen hätten ihn vielleicht gar nicht verstanden, hätten vielleicht über ihn Scherze gemacht. Das wollte Ylwa nicht.

Wenn sie ehrlich war, verstand sie ihn ja oft selber nicht. Aber sie wollte sich darum bemühen. Er war anders als die Kinder, die sie kannte. Aber mußte das etwas Schlechtes bedeuten?

Wie anders Andy lebte, wurde Ylwa in den nächsten Wochen immer klarer. Durch jeden seiner Briefe erfuhr sie ein wenig mehr über dieses andere Leben.

Die Natur, die für Ylwa so wichtig war, bedeutete ihm wenig. Er erzählte zwar von Umweltschutz, deshalb verwendete er auch dieses komische graue Papier. Er spielte Fußball. Aber stundenlang herumstreifen, an der frischen Luft zu sein, einfach aus Spaß, so etwas schien es nicht zu geben. Für Ylwa unvorstellbar! Vieles, wovon Andy erzählte, spielte sich drinnen ab. Und sein Traum für draußen war kein Fahrrad, das hatte er längst. *Sein* Traum war ein Mofa. Er hatte Ylwa erst erklären müssen, was das war. Auch worin der Vorteil gegenüber einem Fahrrad lag. Ylwa hatte seine Erklärungen mit Interesse und Erstaunen zur Kenntnis genom-

89

men. Hineinversetzen in ihn konnte sie sich nicht. Auch nicht, als er einmal einen Brief beendete mit: *Für morgen hat sich meine Mutter angesagt. Ich soll neue Klamotten bekommen. Eines weiß ich sicher: So oberbiederes Zeug lasse ich mir nicht aufschwatzen!*

Wie konnte Kleidung so wichtig sein? Für die Kinder hier waren Kleider ein notwendiges Übel, nichts weiter.

Und was er von den Größeren erzählte! Wie die ihre Abende verbrachten! In lauten, verrauchten Discos! Ylwa hatte schon wieder fragen müssen. Sie kam sich reichlich dumm vor, aber sie hatte in ihrem Leben noch nie von einer „Disco" gehört. Hier bei ihnen trafen sich die Heranwachsenden am liebsten im Freien, unternahmen irgendwas in der Gruppe oder zu zweit. Die Liebespaare streiften gerne durch Wiesen und Wälder. Oder sie lachten und schwatzten miteinander nach Herzenslust. „Bock auf Disco", wie Andy sich ausdrückte, hatten sie nicht.

Ylwa selber fand das Leben wunderschön. Sie freute sich über so vieles. Die lustigen Vormittage in der Schule, das gute Mittagessen, die Nachmittage mit den Freunden, die Abende im Kreis der Familie. Alles machte ihr Spaß. Und erst die Natur! Jede Jahreszeit hatte doch ihr Schönes. Im Frühling beobachtete Ylwa das Sprießen und Wachsen. Im Sommer ging sie baden in den klaren Seen, im Herbst ließ sie Drachen steigen oder tobte in den abgeernteten Feldern herum. Und jetzt stand der Winter vor der Tür! Mit Schneeballschlachten, Rodeln, Schlittschuh laufen, Ski fahren! Sie

wollte Andy teilhaben lassen an ihrer Begeisterung,
spürte aber doch, daß auch er vieles von ihr nicht verstand.

Frida Quist, die viel zu übersetzen hatte in diesen
Wochen, murrte nie, im Gegenteil. „Ist meine Muttersprache doch wenigstens zu etwas nütze", meinte sie jedesmal, wenn Ylwa bei ihr erschien. Aber manchmal
schüttelte sie auch verständnislos den Kopf. „Merkwürdig, dein Andy! Ob alle Menschen in meiner alten Heimat so leben? Dann weht dort ein anderer Wind als bei
uns."

Ein anderer Wind! Ylwa mußte an den Wind denken, dem sie den blauen Luftballon zu verdanken hatte.
Und mit dem alles losgegangen war. Ihre Freundschaft
mit Andy, der ihr manchmal so fern, so anders schien,
und der dann aber wieder nah und offen und vertraut
war. Und den Ylwa gern hatte.

Schrecklich gern, wie sie eines Tages feststellte. Andy
schrieb nicht mehr. Erst glaubte sie nur an eine Verspä-
tung, aber von Tag zu Tag nahm ihre Angst zu, Andy
könnte Schluß gemacht haben mit dem Briefwechsel.

Vielleicht war er es leid, ihre dummen Fragen zu beantworten. Vielleicht hatte er keine Lust mehr, ihr von sich zu schreiben. Je mehr Ylwa darüber nachdachte, um so schlimmer wurde es. Sie wollte Andy unter keinen Umständen verlieren. Er und sein merkwürdiges Leben waren ihr wichtig geworden. Sie überlegte hin und her, und gerade als sie sich dazu durchgerungen hatte, ihm noch einmal zu schreiben, kam eine Karte. Eine Karte aus Deutschland, aber mit fremder Schrift.

Ylwa rannte sofort zu Frida, und dann wußte sie Bescheid. Thomas, einer von Andys Freunden, war der

Absender. Thomas schrieb ihr, daß Andy krank war, schon seit Wochen. Schwere Bronchitis, Fieber! Daß Andy im Moment noch zu schwach zum Schreiben sei, aber sobald wie möglich etwas hören lasse. Und daß Andy ihn gebeten hatte, ihr diese Karte zu schicken.

Ylwa war erleichtert und traurig zugleich. Andy hatte sie nicht vergessen. Aber er war krank, sehr krank. Sie schrieb ihm gleich und erzählte von den lustigen Nachmittagen. Und von den Abenden, den herrlich gemütlichen Abenden, an denen das Kaminfeuer den Raum und die Menschen wärmte, an denen Murmur erzählte oder Papa mit ihnen bastelte.

Mitten im Schreiben hielt sie inne. War es richtig, ihm so vorzuschwärmen? Aber irgend etwas mußte sie ihm doch erzählen. Und sie wußte ja nur das, was sie tagtäglich erlebte.

Ob es Andy wohl gefallen würde, das Leben hier? Ob er es langweilig fände? Sie war sich nicht sicher. Man müßte es ausprobieren. Warum eigentlich nicht? Warum sollte es nicht möglich sein? Sie mußte nur noch mit Mama und Papa und Murmur und Michel reden. Das wollte sie gleich tun.

Vor Aufregung zitterten ihre Finger, als sie wenig später die letzten Sätze ihres Briefes schrieb:

PS 1: Hättest Du nicht Lust, uns zu besuchen? Vielleicht schon in den Weihnachtsferien?

PS 2: Für Deine Gesundheit wäre es gut, sagen Mama und Papa. Sie sind einverstanden. Warum sollten es Deine Eltern nicht sein?

PS 3: Ich freue mich schon mal.

Und wie sie sich freute. Sie würde ihm alles zeigen hier. Und er konnte ihr erzählen. Ihr und den anderen. Und vielleicht würde sie irgendwann mal zu ihm ...? Mit Frida am besten.

Ylwa stürmte aus dem Haus. Den Brief drückte sie fest an sich. Frida würde endlich wieder Arbeit bekommen heute. Und vielleicht bald noch viel mehr.